KARINE LAMBERT

UND JETZT LASS UNS TANZEN

KARINE LAMBERT

UND JETZT LASS UNS TANZEN

ROMAN

Aus dem Französischen
von Pauline Kurbasik

DIANA

Von Karine Lambert sind im Diana Verlag erschienen:
Das Haus ohne Männer
Und jetzt lass uns tanzen
Eines Tages in der Provence

FSC® www.fsc.org
MIX
Papier aus verantwortungsvollen Quellen
FSC® C014496

Verlagsgruppe Random House FSC® N001967

Taschenbucherstausgabe 1/2019

Die Originalausgabe erschien 2016
unter dem Titel *Eh bien, dansons maintenant!*
bei Éditions Jean-Claude Lattès, Paris

Redaktion: Uta Rupprecht
Umschlaggestaltung: t.mutzenbach design, München
Coverillustration: © Hélène Crochemore
Satz: Leingärtner, Nabburg
Druck und Bindung: GGP Media GmbH, Pößneck
Printed in Germany

ISBN 978-3-453-35942-0

www.diana-verlag.de
Besuchen Sie uns auch auf www.herzenszeilen.de
Dieses Buch ist auch als E-Book lieferbar.

Der ersten
und der letzten
Liebe …

»Die Zeit ist da: Der Stern muss leuchten.«

GUILLAUME APOLLINAIRE

1

Schließlich hatte sie sich für den mahagonifarbenen mit den vier Kupfergriffen entschieden. Das Modell 328: zweiundzwanzig Millimeter stark, mit Satin ausgeschlagen, gegen Termiten behandelt und feuchtigkeitsbeständig. »Unverwüstlich«, wie der Angestellte im Beerdigungsinstitut erklärte. Resistent gegen alles. Außer gegen die ewige Ruhe.

»Das müssen Sie entscheiden, Madame.«

Dieser Satz hallte seit drei Tagen dumpf in ihr nach. Offener oder geschlossener Sarg, das Bild schwarz-weiß oder in Farbe, Brioches oder Häppchen? Und musste auf dem schwarzen Band um den Grabkranz unbedingt *Meinem geliebten Ehemann* stehen?

»Das müssen Sie entscheiden, Madame.«

Sie wirkt zierlich, als sie auf das Grab starrt, in ihrem silbergrauen Kostüm – dem Anlass entsprechend – und dem dezenten, auf ihr Rouge abgestimmten Lippenstift. Würdevoll und tadellos, so konnte man Henris Liebe zu ihr beschreiben. Fünfundfünfzig Jahre und siebzehn Tage lang waren sie verheiratet gewesen. Der einzige Mann, mit dem sie je zusammen war, der einzige Mann, der sie je nackt gesehen hat. Fünfzehntausend Mal gemeinsam aufwachen, irgendwann dann zum letzten Mal. Eines Morgens im Ehebett hatte er die Augen nicht mehr aufgeschlagen. *Ganz sanft entschlafen* stand in der Todesanzeige. Eine ungewöhnliche Formulierung, die ihrem einzigen Sohn Frédéric nicht gefiel.

Unbegreiflich, dass er nun dort in dieser Kiste liegen soll, die die Totengräber in die Grube hinablassen und anschließend mit Erde bedecken werden. Um sie herum bekannte Gesichter: Docteur Dubois ist da, die Honoratioren aus der Umgebung und entfernte Verwandte aus der Provinz. Maria, die treue Seele, nickt ihr fast unmerklich zu. Von nun an ist Marguerite Delorme die Witwe des Notars. Frédéric steht im schwarzen Anzug neben ihr und stützt sie; er beißt sich auf die Unterlippe, um seine Gefühle zu ersticken. Die Hand ihrer Schwiegertochter Carole ruht auf Ludovics Schulter. Vorhin in der Kirche hat er ein paar Sätze über den Großvater gesagt, mit dem er zwar nie viel geredet hatte, aber dessen Leidenschaft für Tennis er teilte. Zitternd hat der kleine Junge den Text vorgelesen und sich anschließend wieder neben seine Großmutter gesetzt, die ihm über die Wange strich. Carole hat den Blick ergriffen abgewandt.

An dicken Tauen lassen die Bestatter den Sarg langsam in das klaffende Erdloch hinab. Marguerite schließt die Augen und drückt Ludovics Hand. Ihr Sohn umklammert ihren Arm noch fester als zuvor. Als die Seile wieder hochgezogen werden, hat sie das Gefühl, das Schlimmste liege hinter ihr.

Die Leute kondolieren einer nach dem anderen: Madame Sowieso verbeugt sich, Monsieur Soundso spricht ihr Trost zu – wie soll sie darauf reagieren? Höflich nimmt sie den Sturm der Beileidsbekundungen entgegen.

»Fünfundachtzig ist ein stolzes Alter.«

»Er hat ein vorbildliches Leben geführt.«

»Ich wünsche Ihnen viel Kraft.«

Fremde reichen ihr die Hand, halten sie lange schweigend fest. Wer wird der Nächste sein? Sie fragt sich, ob jemand sie aus Versehen beglückwünschen wird.

Dann folgen die kalten Häppchen und der Kaffee. Am Abend zuvor hat sie sich die Beerdigung vorgestellt, und nun ist es tatsächlich so weit. Die schlaflose Nacht und das ungewöhnlich warme Septemberwetter bringen sie durcheinander.

Sie antwortet allen: »Es geht schon.«

Als müsste sie die anderen trösten. Und weil sie auf nichts anderes mehr hoffen kann. Sie glaubt nicht an ein Wiedersehen im Jenseits. Henri und Maguy, das ist Vergangenheit. Jetzt ist nur noch Maguy übrig.

Sie wollte nicht, dass die Feier im Gemeindesaal neben der Kirche stattfindet, lieber in ihrem geräumigen Haus, wo sie von den vertrauten Möbeln und ihrem Nippes umgeben ist. Ein Anker in dem ganzen Chaos, das ihr über den Kopf wächst. Die Blicke der Anwesenden machen aus ihr eine andere Person, ihre Farben sind verblasst. Wie durch Watte hört sie gedämpfte Stimmen: »Sie muss unbedingt weinen«, »Setz dich«, »Trink doch etwas«, »Möchtest du einen Tee, ein Aspirin, ein Beruhigungsmittel?«

Sie wiederholt die einzigen Worte, zu denen sie fähig ist: »Es geht schon.«

An der Tür drückt Frédéric ihr einen Kuss auf die Stirn, wie er es immer bei seinem Vater gesehen hat. Ludovic schmiegt sich an ihren Rock und flüstert: »Ich hab dich lieb, Oma.«

Alle sind weg, der Salon kommt ihr riesig vor. Ja, es geht schon. Sie wird das Kap der Guten Hoffnung umsegeln, den Atlantik überqueren und – falls sie noch ein wenig Kraft übrig hat – den Everest erklimmen. Henri hätte wahrscheinlich gemeint, man hätte mehr von den kleinen Häppchen mit Ziegenkäse anbieten sollen.

Sie verliert das Gleichgewicht, findet am Beistelltisch Halt, die Vase mit den Nelken kippt um. Beim Anblick der Scherben, dem Wasser, das in den Teppich sickert, und der zum Welken verurteilten Blumen schießen ihr Tränen in die Augen. Er hat immer die Haustür abgeschlossen. Doppelt. »Man kann nie vorsichtig genug sein«, pflegte er zu sagen. Sie streift die Schuhe ab, zieht den Blazer ihres Witwenkostüms aus und lässt sich erschöpft auf das Samtsofa fallen. Sie vermisst Hélène. Ihre Schwester hätte sie in den Arm genommen, und alles wäre leichter gewesen. Was hätte sie von den drei Chopin-Sonaten während der Messe gehalten? »Rockmusik wäre besser gewesen, damit mal ein bisschen Leben in die Bude kommt.« Ihre liebe Hélène ist immer bei ihr.

Wie ferngesteuert schaltet sie den Fernseher an. Stets die gleichen Sendungen, in denen Menschen lachen und Gewinner Freudenschreie ausstoßen. »Erbärmlich und lächerlich«, hätte ihr Mann gesagt. Sie blickt auf den leeren Sessel, wo er immer gesessen hat. Einen Scotch in Reichweite, schaltete er von politischen Debatten zu Wirtschaftssendungen. Sie vertiefte sich in ihr Buch. Kein Blick, keine liebevollen Worte, aber auch kein Missklang. Ein Mann und eine Frau, zwei Körper und zwei Seelen. Er: steif wie eine notarielle Urkunde. Sie: ein Kerzenlicht, das flackert, aber nicht erlischt. Nun hat sie die Fernbedienung für sich allein, kommt aber mit den Tasten nicht zurecht. Über den Bildschirm flimmert eine japanische Dokumentation über Thunfischfang.

Wenn Henri aus dem Büro zurückkam, öffnete er geräuschlos die Haustür, hängte Mantel und Hut in der Diele auf und verschwand ohne ein Wort in seinem Arbeitszimmer, das er erst wieder verließ, wenn sie verkündete: »Das Abendessen ist fertig.«

Am ersten Tag ihrer Ehe hatte er die Regeln festgelegt. Marguerite, das sei zu lang, zu blumig, außerdem passe Maguy viel besser zu Henri. Nur noch ganz selten wurde sie mit ihrem Taufnamen angesprochen und nie in Anwesenheit ihres Gatten. Sie würde nicht arbeiten. Einziges Zugeständnis: eine ehrenamtliche Tätigkeit in der Stadtbibliothek, zweimal die Woche. Sie würde ausschließlich Kleider und einen Haarknoten tragen, wie damals, als er sie zum ersten Mal sah. Sie würden keine Haustiere haben. Nur ein Kind, vorzugsweise einen Jungen. Und in einem Ton, der keinen Widerspruch duldete, sagte er abschließend: »Ich würde es begrüßen, wenn wir uns weiterhin siezten.«

Zum Glück bekamen sie Frédéric. Nach der Geburt ihres Sohnes hatte Henri auf dem Vornamen seines Lieblingskomponisten bestanden, und als der Junge sechs Jahre alt war, schickte er ihn ins Internat Saint-Roch. Marguerite hatte geweint, sich aber damit getröstet, dass sich ihr einziges Kind in der Gesellschaft gleichaltriger Spielkameraden bestimmt viel wohler fühlen würde. Sie freute sich auf die gemeinsamen Wochenenden und plante Picknicks und Ausflüge zum Pony-Club, damit die Samstage und Sonntage unvergesslich blieben. Die restliche Zeit verfloss an Henris Seite. Jeden Morgen kaufte er *Le Monde* und kommentierte beim Abendessen die Bewegungen auf den Aktienmärkten. Marguerite hörte sich sein Fachchinesisch höflich an und nickte von Zeit zu Zeit. Und an jedem ersten Donnerstag im Monat polierte Maria das Tafelsilber, Henri und Maguy Delorme empfingen Gäste.

Zu Beginn ihrer Ehe nahm er Schaumbäder in einer randvollen Wanne. Er konnte eine halbe Stunde mit geschlossenen Augen daliegen, den Oberkörper nicht ganz im Wasser, dabei summte er mit angenehmer Stimme vor sich hin. Das tat er nirgendwo sonst. Sie stand ein paar

Meter vor der angelehnten Tür und wartete darauf, dass er sie hereinrief. Eines Tages hatte sie all ihren Mut zusammengenommen: »Ich finde es schön, wenn Sie in der Badewanne singen.« Von da an hatte er stets abgeschlossen. Sie presste das Ohr an die Tür, weil sie ihn trotzdem hören wollte, und lauschte auf jedes noch so leise, verräterische Gluckern.

Sie waren ein kultiviertes Paar, ohne Überraschungen, ohne Streit. Er gestattete sich bloß wenige Gesichtsausdrücke: eine hochgezogene Augenbraue oder missbilligend herabgezogene Mundwinkel. Sie hatte sich ihm angepasst, sich geduldig und taktvoll gezeigt und ihr Seelenleben nicht offengelegt. In ihrem Leben hatte es nie andere Männer gegeben, und mangels mütterlicher Ratschläge, wie man seine ehelichen Verpflichtungen zu erfüllen habe, wusste sie es auch nicht besser. Die Nächte waren ebenso redlich und tadellos gewesen wie die Tage. Dennoch war sie überzeugt, dass dieser aufrechte, prüde Mann sie auf seine Weise liebte.

In Flanellbademantel und Samtpantoffeln sitzt Marguerite reglos vor dem Fernseher, wo ein japanischer Fischer einen Thunfisch auf einer Harpune schwenkt. Sie murmelt: »Ich bin achtundsiebzig Jahre alt, was soll ich jetzt bloß mit mir anfangen?«

2

Marcel Guedj kommt aus dem Kino und wirft noch einen Blick auf das Plakat des Films *El Gusto*. Er hat keine Lust, in die Metro hinunterzugehen, und schon gar nicht will er nach Hause. Mit den Händen in den Taschen flaniert er über die Grands Boulevards. Zum ersten Mal seit vielen Monaten war er im Kino gewesen, und diese Männer, die sich nach fünfzig Jahren Trennung wieder trafen, um Chaâbi-Musik zu machen und ihre Jugend aufleben zu lassen, haben ihn aufgewühlt. So streift er ziellos durch die Straßen von Paris und erinnert sich an den Tag im November 1954, als er sein Heimatland verließ.

Sein Vater hatte gespürt, dass der Wind sich drehte. Und nachdem die Unabhängigkeitskämpfer seinen landwirtschaftlichen Betrieb verwüstet hatten, war nichts mehr wie zuvor. Die Familie musste fliehen, ehe alles noch schlimmer wurde und sich der Himmel endgültig verdunkelte. Das Haus am Fluss und die Vorfahren in ihren Gräbern ließen sie zurück. Marcel musste von seiner Lehrerin, seinen Klassenkameraden und dem Fußballplatz Abschied nehmen. Er war gerade erst Mittelstürmer geworden und hätte eigentlich in der kommenden Woche auf dieser Position spielen sollen. Den Hund Oscar hatte man einer Nachbarin gegeben. Sie schwor, sie werde sich bis zu ihrer Rückkehr gut um ihn kümmern. An ein Wiedersehen glaubte zwar niemand, aber alle taten so.

Ein Cousin, der in Frankreich lebte, hatte ihnen einen Brief geschrieben, den der Vater stolz seinen Söhnen vorlas.

Lieber André,
wir freuen uns auf das Wiedersehen mit Dir, Deiner Frau und dem kleinen Marcel, der jetzt wahrscheinlich schon groß ist. Ich habe eine Wohnung für Euch gefunden, gar nicht weit von Deiner zukünftigen Arbeit. Ja, genau, Du hast richtig gelesen, ich habe Dir bei der Stadtverwaltung von Vincennes eine Stelle als Gärtner besorgt. So bleibst Du nah bei der Erde, die Du doch so liebst. Ihr werdet etwas zusammenrücken müssen, aber – wie Du immer sagst – irgendwann dreht sich der Wind auch wieder. Ich habe noch eine gute Nachricht: Ich habe auch eine möblierte Wohnung für Deine Freunde und ihre Tochter Nora gefunden, falls sie Euch immer noch begleiten wollen. Als ich vor zehn Jahren nach Frankreich kam und auf einem Rathausgiebel in dicken Lettern Liberté – Égalité – Fraternité *las, dachte ich: Such nicht weiter, hier bist du richtig. Olga freut sich genauso sehr wie ich, Euch wiederzusehen. Ruf mich an, wenn Du in Marseille*

bist, und sag mir, welchen Zug Du nimmst. Du steigst am Gare de Lyon aus. Ich werde Euch dort in Empfang nehmen.
Gute Reise und liebe Grüße
Dein Cousin Maurice

Der älteste Sohn Robert, Mechaniker von Beruf, wollte mit seinen neunzehn Jahren noch an das französische Algerien glauben, er blieb, koste es, was es wolle. Marcel hatte sich geweigert, ihn zum Abschied zu umarmen, lieber war er ohne einen letzten Blick fortgegangen. Zwei Brüder in den schonungslosen Wirren der Ereignisse.

Hastig hatten sie alles gepackt, auch das Teeservice und den Dampfkochtopf. Die Matratzen blieben, denn die Möbel würden später folgen. Mitten in der Nacht schlichen sie aus dem Haus, ließen Wäsche auf dem Balkon, als wären sie noch zu Hause. Und was alles andere anging: *Inschallah*!

Ihre Nachbarn, die Familie Ben Soussan mit ihrer Tochter Nora, brachen ebenfalls auf. Auch sie wollten der gefährlichen Lage entkommen und sich in Sicherheit bringen. Dass Nora mitkam, war Balsam für Marcels gebeuteltes Herz. Seit jeher war er mit ihr in die Berge gegangen, wo sie Schwüre tauschten, leicht wie der Wind, und er ihr verschlungene Pfade zwischen dem Großen Wagen und dem Haar der Berenike zeigte. Eine Kindheit, wie sie glücklicher nicht hätte sein können.

Auf Gleis drei deutete nichts auf eine Massenflucht hin. Touristen stiegen aus, der Orangenhändler hatte seinen Laden nicht geschlossen, das Leben ging weiter, als hätten die Attentate Anfang des Monats nie stattgefunden. Nur einige zerstörte Häuser ließen die Zukunft erahnen. André hatte seine Entscheidung getroffen und blieb dabei. Auf der ersten Seite des *L'Echo d'Alger* stand: »Gehen Sie rechtzeitig.« Für Marcel war sein Vater ein Held. Er hatte grenzenloses Vertrauen in ihn und wäre ihm klaglos bis ans Ende der Welt gefolgt.

Um 18.30 Uhr in dieser Nacht des 29. Novembers 1954 hatte die *Sidi Mabrouk* den Hafen von Algier verlassen. Die Überfahrt nach Marseille dauerte zwölf Stunden. Man winkte mit Taschentüchern: kleine Gesten, die Leben auseinanderrissen. Die Passagiere beugten sich kummervoll über die Reling, wohl wissend, dass sie nie wieder einen Fuß auf den Boden setzen würden, auf dem ihre Familien über fünf Generationen hinweg gelebt hatten. Mit zugeschnürter Kehle und stumpfem Blick sahen sie zu, wie die Berge hinter den weißen Häuserreihen von El-Bahdja, der Strahlenden, verschwanden und das Land langsam verblasste. Die Verzweiflung, alles zurücklassen zu müssen, und die Angst vor dem Unbekannten spiegelten sich in ihren Augen. Zum ersten Mal sah der kleine Junge seinen Vater weinen. Männer werden wieder zu Kindern, wenn sie ihr Vaterland verlassen.

Marcel sah hinauf zur Milchstraße. Kein Himmel glich diesem hier. Mit zwölf Jahren glaubte er fest daran, dass die Sterne einmalig waren und er den Himmel seiner Heimat nie wiedersehen würde. Für ihn zählte in diesem Augenblick nur eins: Er hielt Noras Hand. Zwei Knirpse auf einem gigantischen Meer, unterwegs zu einem ganz und gar unbekannten Land. Man hatte ihnen gesagt: »Wir fahren nach Vincennes in der Nähe von Paris, der Hauptstadt von Frankreich. Dann gehen wir zum Eiffelturm, das ist ein Gerüst aus eisernen Streichhölzern.«

Zwischen drei Pappkoffern und zwei Jutesäcken waren Marcels Eltern irgendwann eingeschlafen. In der Ferne, auf der anderen Seite der Brücke, war ein altes Volkslied zu hören. Die Klänge eines Akkordeons, eines Banjos und eines Tamburins, so feurig wie galoppierende Rappen, dann das langsame, traurige Tremolo der Flöte, das gleich einer verlorenen Seele aus dem Nebel emporstieg und in das sich die Stimmen der Männer und Frauen mischten. Die Chaâbi-Musik ging den Menschen unter die Haut, sie stieg ihnen zu Kopf wie bei einem Volksfest. Juden, Muslime, Christen, Franzosen, Algerier, alle vereint. Marcel hatte die Augen geschlossen. Die Melodie trug ihn davon, nahm ihm die Angst, und er schwor sich, dass sein Leben in dem Städtchen Vincennes schön sein würde, weil Nora mit von der Partie war.

Er entfernte sich von den Grands Boulevards. Das Gehen tat ihm gut. Er wollte noch einmal die Totalen und Schwenks der Kamera Revue passieren lassen.

Wie eine bunt zusammengewürfelte Gruppe Einwanderer standen die Guedjs und die Ben Soussans dicht aneinandergedrängt inmitten ihrer Habseligkeiten vor dem Gare de Lyon. Schmutzig graue Mauern, so weit das Auge reichte, schmale Fassaden, welkende Geranien, die auf einem Fensterbrett vergessen worden waren, grauer Himmel, feiner Nieselregen. Das war nun also die französische Hauptstadt?

In Vincennes bezogen sie die provisorische Wohnung, die ihnen Cousin Maurice besorgt hatte. Jener erste Winter war bitterkalt, und es gab nur einen Kohleofen in der Küche. Dort wurde in einem Teekessel auch das Wasser für die allabendliche Toilette erhitzt; morgens musste man sich mit eiskaltem Wasser begnügen. Marcel war nun kein Algerier mehr, als Franzose fühlte er sich aber auch nicht. Ein betonierter Schulhof hatte die gestampfte Erde ersetzt, Kastanien die Orangenbäume und der ständige Regen die Sonne. Zum Glück war Nora auf derselben Schule wie er. Die beiden Familien trafen sich oft, aßen scharfe Fleischbällchen zum traditionellen Tee aus der Minze, die sie heimlich in einer Ecke des Parks anbauten, und spielten wohltuende Chaâbi-Musik. Die beiden Väter würden bis ans Ende ihrer Tage Musik machen. Marcel und Nora erfanden sich Hügel im Bois de Vincennes und erkundeten ihr neues Universum mit Versteckspielen in den Seitengassen des Viertels. Man ritt nicht mehr auf Eseln die Berge hinauf, man fing keine Salamander mehr in Felsspalten, man entdeckte Baguettes und Wurst aus Schweinefleisch. Man wurde zum Städter.

Kurz vor seinem fünfzehnten Geburtstag hatte er es erfahren. Die Nachricht traf ihn schlimmer als ein heftiger Sandsturm. Nora war an jenem Tag nicht in der Schule gewesen. Als er nach Hause kam, hatte sein Vater an der Tür auf ihn gewartet. Er sagte nur: »Noras Großmutter musste plötzlich ins Krankenhaus, die ganze Familie ist nach Algerien zurückgegangen, sie hatten keine andere Wahl.«

Für Marcel wurde das Leben zu einer Reihe von Abschieden und Ankünften. Ohne Nora war Vincennes nur noch kalt und grau, und Algerien fehlte ihm mehr als je zuvor. In schlaflosen Nächten quälte ihn immer dieselbe Frage: Warum hat sie sich nicht von mir verabschiedet? Die Stille fraß ihn auf. Und er, warum hatte er sie nie geküsst?

Aber wieder einmal kehrte mit dem Alltag die Normalität zurück. Unter dem Tannenbaum lag ein großes Paket mit einem Teleskop, und jeden Abend, wenn er den Sternenhimmel von Vincennes betrachtete, sagte er sich, dass sie vielleicht auch gerade die Sterne anschaute, weit von ihm entfernt.

Seine Eltern hatten ihn an der Fachoberschule angemeldet, wo er Abitur machte. Alle Klassenkameraden hatten bereits einen Beruf ausgewählt, er aber verlor sich in Träumereien und fand sich in der harschen Realität nicht zurecht. Einen Monat lang arbeitete er in einer Werkstatt, weil er sich seinem Bruder nahe fühlen wollte, aber er verabscheute den Geruch von Schmieröl. »Was machen wir bloß mit dir?«, hatte sein Vater gefragt. In den Ferien nahm er eine studentische Aushilfsstelle im Zoo von Vincennes an. Die Tiere im Exil zogen ihn augenblicklich in ihren Bann, und er bewarb sich für eine Stelle als Tierpfleger. Die Kollegen ohne Geschichte und ohne Fantasie ließen ihm Raum für ungewöhnliche Begegnungen. Bald kannte er jede einzelne Schuppe der

Python im Käfig Nummer 37, an dem er jeden Morgen vorbeiging, kannte die Wasserschildkröte mit dem verbundenen Fuß und den Bengalischen Tiger mit den Schnurrhaaren, die sich wie zu einem Lächeln aufrichteten. Staunend stürzte er sich in diesen Dschungel mitten in der Stadt, wo es nach Sägemehl und Mäusekot roch, auf der Suche nach dem weißen Raben, den noch nie zuvor ein Mensch zu Gesicht bekommen hatte. In diesem kleinen Paradies fühlte er sich zu Hause.

Zwischen der leisen Eleganz der Giraffen und den schelmischen Affen verstrichen sieben Jahre. Eines Tages erhielt er eine Karte, die zwischen Postanweisungen und Werbung für den neuen riesigen Supermarkt gerutscht war, sie war in Mouzaïa in Algerien abgestempelt: *Ich komme zurück. Ich vermisse Vincennes, und nicht nur Vincennes. Nora.*

3

Sie waren lange nicht mehr hier, Madame Delorme. Ich hätte Rumpsteak oder schöne Kalbsschnitzel für Sie. Zwei, wie immer? In dünnen Scheiben?«

»Heute nur eins, bitte.«

»Und etwas anderes für Ihren Mann?«

Es geht ihr nicht leicht von den Lippen: verstorben, entschlafen, tot. Sie mag diese endgültigen Begriffe und die darauf folgenden betretenen Gesichter nicht. Die Trauer lastet auf ihr, und sie vermisst eine Handreichung, wie sie damit umgehen soll.

»Danke, nein, er ist verreist.«

In Maisons-Laffitte kannte jeder Notar Delorme. Der Metzger würde sehr schnell von ihrer Lüge erfahren, aber im Augenblick kann sie sich der Wirklichkeit noch nicht stellen. Sie wäre gerne unsichtbar gewesen, um ihre Verunsicherung nicht zeigen zu müssen.

Sie sucht im Portemonnaie nach dem Geld, das ihr Frédéric für alltägliche Besorgungen gegeben hat, genauso, wie Henri es immer gemacht hatte. Wenn sie eine größere Anschaffung plant, muss sie sie ihm zur Genehmigung vorlegen, weil der Sohn von nun an ihr Vermögen verwaltet. Sie solle doch bitte die Kassenzettel aufbewahren. Und wenn sie sich nun einmal einen Jasmintee mit einem Schokoladen-Éclair gönnen möchte?

»Vergessen Sie Ihr Fleisch nicht. Einen schönen Tag noch.«

»Danke, Ihnen auch.«

Der Vormund war ihr entrissen worden, fortan würde sie lernen müssen, ohne ihn auszukommen. Schritt für Schritt. Nur ein Teller auf dem Tisch, ein Löffel, eine Gabel, ein Messer, ein Glas, nur eine Serviette im silbernen Serviettenring und ganz allein im großen Esszimmer. Nach einer Woche beschloss sie, die Mahlzeiten von nun an in der Küche einzunehmen, den freitäglichen Fisch ersetzte sie durch Muschelnudeln mit Butter, die er nicht gemocht hatte. Sie stellte das Radio an, um die Stille zu übertönen, und stocherte im Essen herum. Schließlich warf sie die restlichen Nudeln in den Mülleimer, fluchte ein paarmal und wunderte sich dann über sich selbst.

Henri hatte immer schweigend und einem festen Ritual folgend die Spülmaschine eingeräumt, die dann nur für das bisschen Besteck und Geschirr angeschaltet wurde. Zuerst die Gläser, dann die beiden Teller, einer hinter den anderen, danach nur noch die Messer und Gabeln, ordentlich nebeneinander. Das Abwaschen hatte er ihr verboten, weil Spülmittel die Hände rissig machte. Sie verstand es als Liebesbeweis.

Sanft streicht sie sich über die Finger und sagt sich, sie hätte Handschuhe anziehen können. Nun ist es zu spät. Sie schaut auf das Spülbecken, als wäre das Leben dort zu Ende.

Wie viele Stunden muss sie vor dem Schlafengehen totschlagen? Er war immer gegen Fensterläden gewesen, selbst Vorhänge an der Terrassentür wollte er nicht. Die großen Bäume hinten im Garten werfen beängstigende Schatten. Vielleicht versteckt sich dort jemand? Vielleicht klopft mitten in der Nacht jemand ans Fenster? Ein Unbekannter, der das Gesicht gegen die Scheibe drückt. Als Henri noch lebte, hatte sie diese Furcht nicht gekannt, diese Erinnerung an Ängste aus Kindertagen. Eines Tages hatte sie mit Hélène Verstecken gespielt. Nach einer Viertelstunde hatte sie die Schwester immer noch nicht gefunden, und sie setzte sich tränenüberströmt auf den Boden, überzeugt davon, Hélène nun für immer verloren zu haben. Kindheitsängste bleiben ein Leben lang.

Sie war von ihrem Elternhaus direkt in das Haus ihres Mannes gezogen, ihr Leben war ohne Sorgen und stürmische Leidenschaften dahingeplätschert.

Was, wenn die Sicherung herausspringt?

Wenn sie das Marmeladenglas nicht aufmachen kann?

Wenn sie im Bad ausrutscht?

Umziehen will sie trotzdem nicht, vor allem ein Zusammenleben mit ihrem Sohn kann sie sich nicht vorstellen. Am vergangenen Wochenende hat er erzählt: »Caroles Tante lebt mit anderen Menschen gleichen Alters in einem Seniorenheim. Dort ist sie nicht so allein. Und wir machen uns weniger Sorgen.« Was werden sie wohl mit ihr machen? Wird sie eines Morgens auf die Straße gestellt, wenn der Sperrmüll abgeholt wird?

Als könnte er ihre Gedanken lesen, hat er hinzugefügt: »Aber Maman, es ist doch zu deinem Besten.«

Von da an verkriecht sie sich zu Hause. Sie sucht aus ihrer Bibliothek die ersten Romane von Françoise Sagan heraus und probiert mit jeder Seite aufs Neue, nicht mehr an den Brief von der Bank zu denken: *Ab dem 1. Oktober werden Ihnen sämtliche Informationen auf elektronischem Weg zugestellt: Bitte teilen Sie uns Ihre E-Mail-Adresse mit.* Sie kommt sich ganz verloren vor in dieser Welt, mit der sie nicht mehr Schritt halten kann. Vorige Woche hatte der Geldautomat ihre Karte geschluckt. Kopflos hatte sie anschließend auf dem Eingabefeld herumgetippt, ohne Erfolg. In der Schlange hinter ihr rief eine Frau: »Hey! Geht's vielleicht ein wenig schneller, Oma?« Wen kann sie um Hilfe bitten? Madame Leonard steht nicht mehr hinter ihrem Schalter. Marguerite wüsste so gerne, wie es Floriane geht, der Enkeltochter in Ludovics Alter.

Sie hat keine E-Mail-Adresse, nur Stift und Papier. Sie hat Angst vor Unvorhersehbarem, Angst vor dem Sterben, Angst vor dem Alleinleben. Angst vor der Angst. In der Kindheit war die große Schwester stets die Anführerin gewesen. Hélène, die Unerschrockene, hatte sie zu allem Möglichen angestiftet: ins Wasser springen, bis zum Umfallen rennen, Brombeeren pflücken und sich das Gesicht mit dem schwarzen Saft beschmieren. Marguerite hatte nie das Bedürfnis nach einer anderen Freundin verspürt, sie trugen dieselben Kleider, sie bissen in dasselbe Pain au Chocolat, sie teilten ihre Geheimnisse. Sie lagen auf ihrem oder Hélènes Bett, die Beine ineinander verschlungen, und lasen wieder und wieder *Sophie und andere Katastrophen* und *Betty und ihre Schwestern* und spielten anschließend die Abenteuer ihrer Lieblingsfiguren nach. Hélène war immer der Junge, sie spielte den Cousin Paul, während Marguerite eine viel zu brave Sophie gab. Noch Jahre später wurden sie beim Gedanken daran von heftigen Lachkrämpfen geschüttelt. Hélène liebte Mode, und Marguerite besuchte sie gelegentlich in Paris, um sie zu einer Modenschau im »New Look« zu begleiten. 1956 hatte sie Karten für die offizielle Präsentation von Bikinis im Schwimmbad Molitor ergattert. Und eines Nachmittags waren sie zur Premiere von *… denn sie wissen nicht, was sie tun* eingeladen, wo Marguerite über die Frauen staunte, die James Dean anhimmelten.

Im Jahr darauf, an einem Dienstag im Dezember, wurden Marguerite und ihre Eltern um vier Uhr morgens vom Telefon geweckt. Das schrille Klingeln wirkte in der Stille der Nacht noch durchdringender, sie starrten auf den Apparat und hofften, es wäre nur ein böser Traum. Der Vater hatte schließlich abgenommen und abgehackt und ungeduldig in den Hörer gesprochen. Die beiden Frauen lauschten dem väterlichen Ausbruch wie betäubt. Schließlich hatte er geschrien: »Wo ist meine Tochter?« Nie würde sie die unwirkliche Kälte vergessen, mit der er ihnen eröffnete, dass Hélènes Wagen von der vereisten Straße abgekommen und gegen eine Platane geprallt war. Die Mutter, bleicher als ihr weißer Morgenmantel, schüttelte langsam immer wieder den Kopf, wie um das Offensichtliche zu leugnen. Marguerite war stumm geblieben. Mit fast schon erschreckender Ruhe war sie ins Zimmer ihrer Schwester gegangen und hatte sich unter der Bettdecke versteckt, wie damals, als sie nachts ihre Kindergesichter mit einer Taschenlampe anleuchteten, um sich gegenseitig Angst zu machen.

Seit diesem Tag hatte das Leben an Farbe verloren. Sie redeten nur noch gedämpft, ihre Träume waren geschrumpft. Ihr Vater erstickte alles im Keim, was auch nur entfernt an Freude erinnerte. Er hatte seine Älteste, seine Lieblingstochter, verloren, Glück war fortan ein Tabu. Plötzlich waren sie nicht mehr zu viert, sondern nur noch zu dritt, und mussten lernen, mit dieser alles durchdringenden Abwesenheit zu leben. Die Jahre waren vergangen, die Wunde aber war nie verheilt.

Sie betrachtet den seltsamen Apparat, den Frédéric ihr mitgebracht hat und den sie nicht versteht. Er war hartnäckig geblieben: »Du musst doch nur hier drücken, dann empfängst du Radio Bonheur und fühlst dich weniger allein.« Sie spielen häufig Lieder von Line Renaud und andere Chansons, die sie an ihre Jugend erinnern. Guy Béart singt sehnsuchtsvoll *Quand les lilas refleuriront* – Wenn der Flieder wieder blüht –, und sie lässt den Tränen freien Lauf.

In diesen Tagen ist ihre Welt sogar noch kleiner geworden. *Montag: Friedhof. Dienstag: 10 Uhr Gymnastik. Mittwoch 14 Uhr: Ludovic. Donnerstag: nichts. Freitag 16 Uhr Gymnastik. Samstag: nichts. Sonntag: nichts.* Und einmal im Monat ein Museumsbesuch mit ihrer Seniorenkarte. In ihrem Alter gibt es mehr Beerdigungen als Tanzabende.

4

Seit Monaten war Marcel auf der Suche gewesen nach einer Überraschung. Dann hatte er beim Durchblättern einer Zeitung ein Konzert mit Chaâbi-Musik im Algerischen Kulturzentrum im 15. Arrondissement entdeckt. Er packte die Gelegenheit beim Schopf und nahm mit der Musikgruppe Kontakt auf, um sie für seine Rubinhochzeit zu buchen. Alle Gäste hatten zugesagt. Ihre Tochter Manou war die Erste gewesen, dann die Spieler aus dem Scrabble-Club, seine Kollegen aus dem Zoo und Noras Arbeitskollegen aus dem kleinen Supermarkt, ein paar Nachbarn, Freunde, die sie schon ewig nicht mehr gesehen hatten, und Verwandte, die schon am Vorabend angereist waren. Überall lagen Matratzen, und sie hatten wie sechzigjährige Kinder Kissenschlachten veranstaltet.

Nora trug ein langes Blumenkleid, das sie vor langer Zeit in Saint-Tropez auf dem Markt gekauft hatte. »Findest du das nicht ein bisschen zu …?«, fragte Marcel. »Zu was? Zu gewagt?«, entgegnete sie. »Denk dran, du hast eine unberechenbare Frau geheiratet. Mit mir wirst du noch so manche Überraschung erleben.«

Damals, in jenem Sommer, waren sie mit Scharen von

Touristen durch die Nachtclubs getingelt. Nora, wunderschön in ihrem kunterbunten Kleid, mit einem Glas Wodka-Pampelmuse in der Hand, hatte dünne Zigaretten mit vergoldetem Papier geraucht.

Manou suchte alte Dias heraus, die sie auf die weißen Wände warf: die Eltern mit neun Jahren vor der Dorfschule, dann ein Schnappschuss von einem Kuss im Auto am Hochzeitstag, Marcel, der im *Café des Amis* Domino spielte, Nora, die freudestrahlend aus dem Meer kam, das erste Bild von der frischgebackenen Familie im Krankenhaus, der Umzug von Vincennes nach Maisons-Laffitte. »Und das Schönste zum Schluss«, witzelte Manou, »Papas bester Freund: muskulöser Körper, kurze Beine, dicke, runzelige graue Haut, Füße mit drei Zehen, kleine Ohren und ein Horn: Hector, das Nashorn!« Bei jedem Bild brach das Publikum in Gelächter aus. Glück wird größer, wenn man es teilt.

Auf der Tanzfläche wirbelten die Paare zur Chaâbi-Musik umher. Marcel hatte mit seiner Tochter getanzt, dann zog er seine Frau an sich und schloss die Augen. Er war auf dem Schiff, ihre Hand lag in seiner, Nora lächelte ihn an: Sie war sein Stern. Die Gäste verlangten eine Rede. Nora ergriff das Wort. »Vor vierzig Jahren, am 5. Juni 1963, habe ich vor dem Bürgermeister mein Jawort gegeben, und wenn man mir die Frage heute noch einmal stellen würde …« Sie hielt kurz inne, wie eine Schauspielerin im Theater, das Publikum wartete gebannt.

»Ich stehe gerne früh auf, er geht spät ins Bett. Abends zieht er Filzhausschuhe an, ich laufe barfuß. Er mag Boule, ich liebe Synchronschwimmen. Ich bin ein Hitzkopf, er ist der ruhende Pol. Wenn mir viel zu warm ist, zieht er sich noch einen Rollkragenpullover über. Ich mag Chakchouka mit Paprika, sein Leibgericht ist Kalbsbries. Er ist immer damit beschäftigt, seinen Papierkram in Ordnung zu bringen, ich nenne das ›dreifache Buchführung‹. In wolkenlosen Nächten betrügt er mich mit Wega, Elektra, Izar, Maia, Sirrah und vielen anderen. Er träumt von einer Reise nach Amerika, um seinen himmlischen Geliebten einmal näher zu sein – ich spreche kein Englisch. Und dennoch bin ich, seit ich Steinchen an sein Fenster geworfen habe und er es geöffnet hat, in diesen Mann verliebt, und um nichts in der Welt würde ich ihn eintauschen.«

Im Gemeindesaal von Maisons-Laffitte erklang ein Beifallssturm. Nora hatte zwei Gläser Champagner hinuntergestürzt, aber von dem sprudelnden Getränk wurde ihr melancholisch zumute, und sie zog sich in den ersten Stock zurück. Im Treppenhaus lief ihr Monique über den Weg, an deren Seite sie schon seit Ewigkeiten an Scrabble-Wettbewerben teilnahm. Monique bemerkte die Tränen in Noras Augen sofort und folgte ihr gleich in den Vorraum. »Was ist denn los?«

Nora nahm die Hand der Freundin und sagte mit ihrer rauen Stimme: »Das Altwerden deprimiert mich. Ich kann mich nicht mehr im Spiegel anschauen. Ich hasse diese Endgültigkeit, dass wir uns aneinanderklammern müssen, damit wir das Alter überstehen können. Natürlich liebe ich ihn. Er ist mein Fels in der Brandung, bei ihm fühle ich mich geborgen. Aber wie um Himmels willen sollen wir dem Verfall standhalten?«

Monique lächelte.

»Du wirst sehen, wir werden die Klippe schon umschiffen, wir werden der Zeit ein Schnippchen schlagen.«

»Und wenn ihm etwas zustößt?«

»Denk doch nicht gleich an das Schlimmste. Genieße einfach jeden einzelnen Tag.«

»Du hast recht. Komm, wir gehen tanzen. Bitte sag Marcel nichts.«

»Du kannst dich auf mich verlassen, ich bin immer für dich da.«

Als sie um drei Uhr morgens heimkehrten, waren sie zum Schlafen viel zu aufgewühlt. Nach der tosenden Feier herrschte in der Wohnung wohltuende Stille. Marcel schlug vor, noch ein letztes Glas im Wohnzimmer zu trinken, aber Nora war schon ziemlich beschwipst. Und so setzten sie sich einfach im Dunklen aufs Sofa und ließen den Abend Revue passieren.

»Nächste Etappe: goldene Hochzeit. Bis dahin sind wir wahrscheinlich völlig eingerostet.«

»Vielleicht feiern wir dieses Jubiläum einfach zu zweit?«

»Und vielleicht auch nicht erst in zehn Jahren?«

»Eine Reise in die andere Richtung?«

»Sprichst du von unserer Geschichte?«

»Was hältst du von einer Fahrt übers Mittelmeer? Diesmal in Richtung algerischer Küste statt von ihr weg.«

»Wir hatten Glück«, erwidert sie.

»Das ist dein Verdienst, du bist zurückgekehrt.«

Marcel sieht sie an, sie hält seinem Blick stand.

»Du bist meine erste und meine letzte Liebe. So einfach ist das.«

5

Sie lenkt ihre Schritte zunächst in Gang C, Grab 12. Sie kümmert sich immer zuerst um das Nachbargrab. Niemand besucht mehr die *schmerzlich vermisste Hermeline, die zu früh von uns ging*. Sie fegt das Laub weg, entstaubt den Gartenzwerg und ordnet die Plastikblumen in der Marmorvase wieder hübscher an. Danach erst widmet sie sich ihrem Ehemann. Dort unter dieser imposanten Steinplatte ruht er in seinem Mahagonisarg für achttausend Euro, garantiert termitensicher. So stand es in der Beschreibung. Inzwischen war auch der Grabstein aufgestellt.

HENRI DELORME
1929–2014

EHEMANN, VATER, ANGESEHENER NOTAR
GESCHÄFTSFÜHRER DER
PHILHARMONISCHEN GESELLSCHAFT
VON MAISONS-LAFFITTE

Sie denkt bei sich, dass sie hier gerne eine Bank hätte, um die müden Beine auszuruhen. Mühsam lässt sie sich auf dem Grab nieder, zu Henris Füßen. Fünfzig Jahre lang musste sie sich jedes Konzert der Philharmonischen Gesellschaft anhören. Sie war eine Gefangene ihres roten Samtsessels, des Abendkleids aus Taft, Satin oder Seide, und dachte, während sie dem Dirigenten zuschaute, nur an eins: ihr Kopfkissen. Der zweite Satz, der dritte Satz und dann noch eine Zugabe. Jahre voller Konzerte, Chopin, immer wieder Chopin. Vierundzwanzig Präludien, einundzwanzig Nocturnes, siebzehn Walzer, achtundfünfzig Mazurkas, vier Balladen, einige Sonaten und einen Trauermarsch. Sie hatte sie alle angehört. Anfangs hatte sie noch Migräne vorgetäuscht.

»Ich verstehe gar nichts davon«, sagte sie.

»Chopin versteht man nicht, man spürt ihn, Maguy«, hatte er erwidert.

Um dem zu entfliehen, sang sie im Geiste *Ma cabane au Canada*. Aber während der Pianist auf den schwarzen und weißen Tasten herumhämmerte, verblasste das Bild der Hütte im Nebel, und sie sehnte sich wieder nach ihrem Bett.

Stöhnend erhebt sie sich, verflucht ihr Rheuma, sammelt die Bürste und die Gießkanne ein und steckt sie zu dem Strauß Margeriten in die große Tasche.

Gang L, Grab 32.

SUZANNE JACQUET — 1915–1983

ERNEST JACQUET — 1913–1984

»›Eine solche Chance lässt man sich nicht entgehen‹, das hast du mir immer gesagt, Papa.«

Eines Abends war er lächelnd aus dem Büro gekommen, wo er als Justizbeamter arbeitete.

»Du bist zum dreißigsten Geburtstag von Notar Delormes Sohn eingeladen. Henri ist ein intelligenter Junge, eines Tages wird er die Kanzlei am Platz Maréchal-de-Lattre übernehmen. Sein Vater ist der angesehenste Notar der Stadt.«

So hatte alles seinen Lauf genommen. Sie ließen bei der Schneiderin ein dunkelblaues Matrosenkleid anfertigen, das mit einem weißen Bubikragen verschönert wurde, ihre Mutter gab ihr genaue Anweisungen zum Benehmen bei Tisch – dass sie zuhören solle, ohne zu unterbrechen – und bändigte am besagten Abend Marguerites Locken zu einem adretten Knoten, der mit Haarnadeln so fest gesteckt war, dass sie davon Kopfschmerzen bekam. Sie wurde nicht nach ihrer Meinung gefragt. Sie war zweiundzwanzig Jahre alt, und 1959 beugten sich junge Mädchen den Entscheidungen ihrer Eltern.

Und wenn Hélène nicht auf der vereisten Straße ins Schleudern gekommen wäre? Sie hatte davon geträumt, in die Fußstapfen der älteren Schwester zu treten, zu ihr nach Paris zu ziehen und sich an einer Kunsthochschule einzuschreiben. Der Schock war derart brutal gewesen, dass diese Wünsche ein jähes Ende fanden. Die Schwester war vom Weg abgekommen, das bestimmte fortan ihren eigenen Weg und machte ihn zu einer geraden Strecke. Eine solche Chance lässt man sich nicht entgehen, und sie hätte alles getan, um ihrer Mutter die Sorge zu nehmen, die sich ihr jedes Mal wie ein Schleier über das Gesicht legte, wenn die Tochter abends ausgehen wollte.

Zwar fühlte sie sich wie ein Bauer in einem Schachspiel, dennoch imponierte ihr Henri in seinem grauen Anzug mit dem violetten Einstecktuch, eine Farbe, die sie besonders mochte. Er war es gewohnt, in Gesellschaft zu plaudern, und sie bewunderte seine Gewandtheit.

Sie erschien ihm vollkommen. In dem hochgeschlossenen Leinenkleid mit gestärktem Kragen und den Pumps, deren Riemchen ihre schmalen Fesseln umschlossen, bewegte sie sich mit natürlicher Anmut. Ihr Haarknoten brachte die gleichmäßigen ovalen Gesichtszüge und die großen grauen Augen zur Geltung. Sie hielt sich gerade und war zurückhaltend, anders als ein paar Schnatterliesen, die zu laut lachten, um die Aufmerksamkeit des jungen Mannes auf sich zu ziehen.

Er hatte sie zum Tanzen aufgefordert, und sie überspielte angestrengt ihre Unbeholfenheit. Er führte gerne, und sie ließ sich gerne führen. In den folgenden fünfundfünfzig Jahren war ihr gemeinsamer Weg besiegelt. Sie beklagte sich nie. Ihr Vater hatte entschieden, und sie hatte gehorcht. Nach seinem Tod hatte sie ihre Rolle weiterhin gespielt, weil sie sein Andenken ehren wollte und weil sie nichts anderes kannte.

Sie bückt sich, entfernt ein paar Zweige von dem grauen Stein, hebt ihre Tasche auf, geht langsam weiter und fasst sich wieder.

Gang S, Grab 17.

HÉLÈNE JACQUET

1934–1957

Marguerite legt den Armvoll Blumen nieder und bemerkt, dass die Jahreszahlen leicht verblassen. Auf dem Nachbargrab liest sie zum tausendsten Mal die Gravur: *Die Zeit vergeht, die Erinnerungen bleiben.*

Sie ist die Einzige, die noch ihre gemeinsamen Erlebnisse und das verrückte Gekicher, die Familienerinnerungen und ihre unwiederbringliche Kindheit im Herzen trägt. Zum zwanzigsten Geburtstag hatte ihr die Schwester ein außergewöhnliches Geschenk gemacht: ein Ausflug nach Rom! Sie hatten niemandem etwas von dem Abenteuer verraten, und Marguerite war beim Gedanken an diese Lüge jedes Mal ein wohliger Schauer den Rücken hinuntergerieselt. Hélène hatte sich Geld geliehen, um die Rückzahlung kümmerte sie sich später. Marguerite besichtigte die Sixtinische Kapelle, spazierte durch das Kolosseum, warf Münzen in den Trevi-Brunnen und wünschte sich etwas. Im Schlafwagen hatten sie die ganze Nacht gequatscht.

»Warum flirtest du eigentlich nie? Weißt du, wie viele Liebhaber ich schon hatte? Zwölf an der Zahl«, tönte Hélène.

Dieses Bekenntnis faszinierte Marguerite. Sie errötete und murmelte: »Ich habe Louis Leduc im Innenhof geküsst.«

»Ich rede hier nicht von Küssen im Innenhof, ich meine miteinander schlafen. Wenn's ums Küssen geht, dann waren es nicht zwölf, sondern vierzig Männer.«

»Vierzig!«

In der Hauptstadt des *Dolce vita* hatte Marguerite eine andere Facette ihrer Schwester entdeckt. Hélène fuhr rasant Vespa, trank Chianti und lachte aus vollem Halse mit dem Kellner der Trattoria. Sie hatte immer alle glauben lassen, sie führe das wohlgeordnete Leben einer fleißigen Jurastudentin. In Wirklichkeit hatte sie sich nie an der Universität eingeschrieben, verkehrte in zwanglosen Kreisen und genoss das Leben in vollen Zügen, von Montmartre bis Saint-Germain-des-Prés, ein Leben als Bohemienne, Nächte ohne ein Morgen. Ohne Vorwarnung schlug sie plötzlich in Maisons-Laffitte auf, die Taschen voll mit unnützem Plunder, und Marguerite brachte der großen Schwester, die zu oft weg war, heimlich eine unendliche Liebe entgegen. Dennoch war stets Hélène diejenige, die auf Marguerite zuging und sie in die Arme schloss. Die jüngere, schüchterne Schwester war ganz verrückt nach der wilden Zuneigung, mit der Hélène sie bedachte. Sie brauchte sie wie die Luft zum Atmen.

In jener Dezembernacht war aus dem Nesthäkchen Marguerite auf einen Schlag die älteste Tochter geworden. Die ganze Aufmerksamkeit, sämtliche Hoffnungen und Ängste waren nun, doppelt und dreifach geballt, ganz allein auf sie gerichtet. Fröhlichkeit geteilt durch zwei.

»Meine liebe Hélène, das Leben verläuft selten so, wie wir es uns vorstellen. Ich habe immer gedacht, dass wir bis zum Schluss zusammenbleiben.«

Schließlich geht sie wieder zu Gang C, Grab 12.

Verstohlen blickt sie sich um, dann flüstert sie Henris Grabstein zu: »Ich hasse Chopin.«

6

Mit zweiundsiebzig Jahren nahmen sie zum ersten Mal an einer Reise zu ihrem Scrabble-Partnerclub in Nizza teil; sie hatten in einem Schuhkarton Scheine und Münzen gesammelt, damit sie sich ein Zimmer mit Meerblick gönnen konnten.

Im Reisebus beobachtete Marcel Nora, wie sie beim Sprechen gestikulierte, und er fand sie schön mit ihrem ausdrucksvollen Gesicht und den Lachfältchen um die Augen. Er kannte sie schon seit der Kindheit, die Spuren der Jahre auf ihrem Körper hatten seine Liebe zu ihr nicht getrübt. Nora summte eine Melodie aus der Heimat, Marcel stimmte den Refrain an, und ein Mann rief freudig: »Das erinnert mich immer an meine Großmutter!« Die anderen klatschten in die Hände und lächelten beim Zuhören. Sie kannten das Lied und ließen sich vom sanften Gesang des aus der Fremde stammenden Paares einlullen.

Bei ihrer Ankunft schauten sie sich gleich das Zimmer an, das sie im Reisebüro ausgewählt hatten. Sie liebte Überraschungen, er mochte es lieber, wenn alles wie im Katalog aussah. Sie setzten sich aufs Bett, um die Matratze auszuprobieren und sich davon zu überzeugen, dass sie

sie zu ihren abendlichen Zusammenkünften und im Schlaf wohlwollend aufnehmen würde.

Das Zimmer hatte Fensterläden, und das gefiel Marcel; er öffnete sie im Morgengrauen. Von der Terrassentür aus konnten sie hinter der Promenade des Anglais und dem Kiesstrand das Meer sehen, graugrün schimmernd in der Sonne. Glitzernd. Vollkommen. Manchmal machte ihn die Liebe, die Nora dem klaren Wasser entgegenbrachte, neidisch, ihre Lust, einfach kopfüber hineinzuspringen. Er packte die Koffer aus und legte den blau-roten Badeanzug, den sie für diese Gelegenheit gekauft hatte, in das Fach im Schrank.

»Es ist ein bisschen kalt zum Schwimmen, meine Meerjungfrau.«

»Schwimmen kann man immer, mein kleines Empfindelchen.«

Nora zog sich eine hübsche, bestickte Bluse an und lachte Marcel wegen seiner weißen Waden unter der kurzen Hose aus.

Um sieben Uhr abends hatten sie sich mit ihren Freunden auf eine Terrasse mit Meerblick gesetzt und – auf Empfehlung des Kellners – einen mit Fenchel gefüllten gegrillten Seebarsch bestellt, dazu einen fruchtigen Muscadet, zur Feier des vorgezogenen Frühlings. Die Desserts ließen ein wenig auf sich warten, die Nacht brach herein, und die Frauen zogen sich Strickjacken über. Sie bestellten noch eine Flasche, tranken genüsslich den Wein und lachten von ganzem Herzen, als Nora noch einmal die Geschichte vom Scrabble-Turnier erzählte, bei dem sie eine Partie mit dem Wort »Urwüchsigkeit« gewonnen hatte. Eine hervorragende Leistung, die ihr viele Punkte und großen Applaus eingebracht hatte.

Im Jahr zuvor war der Verein aus Nizza nach Maisons-Laffitte gekommen und hatte haushoch gewonnen, dieses Mal aber wollten sie den Pokal wieder mit nach Hause nehmen. Das Turnier würde vier Tage dauern, morgens eine Partie und nachmittags zwei. Anschließend Ausflüge zu einer Bucht oder ins Hinterland. Ein schönes Ritual, das sich jeden Abend wiederholen würde. Mit einer unbedachten Handbewegung stieß Marcel sein Glas um. Die anderen lachten noch lauter als zuvor. Diese Reise in die Ferne versetzte sie in eine wunderbar leichte Stimmung.

Gegen elf Uhr abends waren sie ins Hotel zurückgekehrt und hatten die Balkontür weit geöffnet, weil sie das Meer riechen wollten. Nora erschlug eine Mücke mit dem Stadtführer von Nizza, ein winziger Tropfen Blut blieb auf der Wand zurück. Sie schliefen schnell ein, die Fahrt im Reisebus, der Wein und die Aussicht auf den folgenden Tag hatten sie ermüdet. Marcel wusste beim Aufwachen nicht gleich, wo er war. Er hatte geträumt, dass ein Stern Noras Namen trug. Er betrachtete sie beim Aufstehen, Anziehen und als sie den Orangensaft einschenkte, ehe er sich im Pyjama zum Frühstück auf den Balkon zu ihr gesellte. Kleine knusprige Brötchen und Zitronenmarmelade mit kandierten Schalenstücken machten den Morgen vollkommen. Die Sonne stand über dem Meer und kündigte einen strahlenden Tag an.

Auf dem Podium warteten goldene und silberne Pokale auf die Gewinner und Wundertüten auf die Verlierer. Einige Partien liefen noch. Der Schiedsrichter des Turniers stand mit ernster Miene an seinem Pult und betrachtete die mehr als hundert Teilnehmer, die alle fieberhaft dem längsten Wort hinterherjagten. An Tisch 23 stützte Marcel den Kopf auf die Hände und konzentrierte sich auf die beste Buchstabenkombination.

Nora flüsterte ihm ins Ohr: »Ich bin fertig und erst um zwei wieder dran, ich gehe schwimmen.« Er hatte geistesabwesend genickt und sich wieder ins Spiel vertieft.

Nora fühlte sich wohl in dem neuen Badeanzug. Einen Zweiteiler hätte sie zwar lieber getragen, aber sie war Realistin und hatte entschieden, dass die Zeit für Bikinis nun vorbei war. In der Ferne ließ ein Vater mit seinem Kind einen Drachen steigen, sonst war der Strand menschenleer. Jetzt in der Nebensaison hatte Nora das Meer für sich allein, was sie sehr genoss. Das Wasser war kühl, aber angenehm, als sie beherzt wie ein junges Mädchen hineinging. Sie hatte vom Bootsanleger springen wollen. Morgen würde sie dorthin zurückkehren, Marcel ausgelassen zuwinken und stolz auf sich sein, dass sie so weit hinausgeschwommen war.

Als er ein *d* an das Wort *schmücken* gehängt hatte und ihm somit ein Wort mit zehn Buchstaben gelungen war, blickte er auf und hielt nach ihr Ausschau, dann fiel ihm ein, dass sie schwimmen gegangen war. Sie freute sich immer für ihn, selbst wenn er gewann und sie verlor.

Abends im Bett würden sie über Wörter mit »dreifacher Wertung« sprechen.

Und dann war ein Mann in grauem Anzug und einem Mikrofon in der Hand auf das kleine Podest für die Preisverleihung gestiegen.

»Wenn Monsieur Marcel Guedj im Raum ist, möge er sich bitte so schnell wie möglich an der Rezeption seines Hotels melden.«

Diese Nachricht war nicht gleich zu Marcel durchgedrungen, dann aber sprang er so ruckartig auf, dass er sein Spielbrett umwarf und sein *schmückend* und die ganzen anderen Wörter durch die Luft wirbelten. Er rannte die ganze Promenade des Anglais bis zum Hotel. Als er die marineblauen Uniformen an der Rezeption sah, begriff er, dass etwas Schreckliches passiert sein musste. Ein Flimmern vor den Augen. Er fasste sich ans Herz und klammerte sich an den Tresen.

»Es tut uns leid. Ihre Frau hatte einen Unfall.«

Er wünschte sich eine stahlgepanzerte Tür, um die Worte auszusperren, die nun folgen würden.

»Ein Spaziergänger hat uns angerufen.«

Sie hatten einen Tisch für vier Personen reserviert. An jenem Abend wollten sie genau wie am Vortag essen gehen, lachen, trinken und aneinandergeschmiegt einschlafen. Zwei Löffel an ihrem angestammten Platz in der Schublade.

»Herzinfarkt.«

Für ihre goldene Hochzeit in drei Monaten hatten sie nach Algerien zurückkehren wollen, sie hatten sogar eine Kabine erster Klasse gebucht.

»Wie geht es ihr?«

Am Mittwoch würde der Reisebus einen Abstecher zu dem mittelalterlichen Dorf Entrevaux hoch in den Bergen machen; Hand in Hand würden sie über die Zugbrücke gehen, auf der Stadtmauer entlangspazieren, die Zitadelle und Kathedrale anschauen.

»Es war zu spät. Der Notarzt konnte nichts mehr für sie tun.«

Marcel hob den Kopf und blickte den Polizeibeamten an.

»Ich will zu ihr.«

7

Marguerites zierliche Silhouette verschmilzt mit dem grauen Himmel, nur das weiße Haar hebt sich schimmernd ab. In diesem Viertel, das sie wie ihre Westentasche kennt, wäre sie gerne mit Henri spazieren gegangen. Er aber nahm stets den Wagen, selbst für den Weg zum Büro der Philharmonischen Gesellschaft, das nur drei Straßen entfernt war. Sie unternimmt nach wie vor jeden Tag ihren Spaziergang bis zur Rennbahn. Ihr Sohn macht ihr ständig Vorhaltungen: »In deinem Alter? Das ist doch Wahnsinn! Dir passiert noch was.« »In deinem Alter« ist zu seinem Lieblingsausspruch geworden. Sie weiß sehr wohl, dass sie mit ihren achtundsiebzig Jahren zum alten Eisen gehört. Im Bus bietet man ihr zwar einen Platz an, aber sie kann immer noch allein die Straße überqueren. Sie fühlt sich für niemanden mehr verführerisch, wirklich für niemanden, sie ist ein Strohhalm, eine Feder, ein Staubkorn, das man mit einer Handbewegung wegwischen kann. Die Knie machen ihr zu schaffen, und sie fürchtet den Augenblick, wenn sie die Herrschaft über ihren Körper verliert. Also verlangsamt sie ihren Schritt, um ihrer neuen Rolle gerecht zu werden. Sie weiß, dass sie diesen Wettlauf gegen die Zeit niemals gewinnen wird. Das wäre unnützer und vergeblicher Ehrgeiz, auch wenn sie zweimal pro Woche zum Seniorenturnen geht, damit ihre Glieder nicht so steif werden. Seitdem sie nicht mehr ehrenamtlich in der Bücherei arbeitet, vergehen die Tage nur schleppend. Die digitale Umstellung der Kataloge und die Neueinstellung der jungen Chloé, die lässig die Trittleiter rauf- und runterklettert, hatten ihr zu verstehen gegeben, dass ihre Zeit abgelaufen war.

Nichts eilt mehr, und niemand erwartet sie noch. Vor Henris Tod war sie bei den Honoratioren der Umgebung oft zu Empfängen eingeladen worden. Sie trug ein hübsches Kleid und den Schmuck, den sie jedes Jahr zu Weihnachten bekam, aber zwischen Petits Fours und dem Adagio von Albinoni wusste sie nichts zu erzählen. Würdevoll und adrett, wie ihr Mann es verlangte, eine weitere Trophäe seines Erfolges. Dabei sehnte sie sich nach Leichtigkeit und ein wenig Verrücktheit, wollte drei Schokoladen-Éclairs hintereinander verputzen, ohne Schirm durch den Regen spazieren. Sie sinniert über all das, was sie nie getan hat. Nun ist sie frei. Aber es ist zu spät.

Vielleicht könnte sie beim nächsten Mal Maria vorschlagen, sie zu begleiten. Sie verkriecht sich in ihrem dicken Wollmantel und lächelt traurig das Schaufenster an, in dem sich die Einsamkeit einer alten Dame auf einer Straße in einer Stadt widerspiegelt. Sie erinnert sich an den Tag, als sie den Mantel gekauft hat. Sie wollte unbedingt, dass die Verkäuferin Bescheid wusste: »Das ist der letzte.« Warm, nicht zu hell, ein passendes Kleidungsstück für die Beerdigungen der anderen. Sie schmiegt den Hals an den pelzverbrämten Kragen, wie eine letzte zärtliche Geste.

Morgen ist Enkeltag, ein Lichtblick in der langen Woche. Gemeinsam würden sie Hyazinthenzwiebeln pflanzen. Die Zeitschrift *Mein grüner Daumen* hat ihr das Gärtnern beigebracht. Aber häufig gewinnen Blattläuse und Unkraut die Oberhand. Anschließend würden sie Crêpes backen. Die ganze Küche voller Mehl und mittendrin der strahlende Ludo mit seiner kleinen Kochmütze und der viel zu großen Schürze. Sie hofft, dass er bei ihr übernachtet, im blauen Zimmer. Sie würde ihn zudecken, ihm von den Blumen erzählen, die bald erblühen, und zusehen, wie ihm während der Geschichte die Augen zufallen. An seinem Geburtstag wird sie mit ihm in den Zoo gehen, das macht er am liebsten.

Sie liebt seine Spontanität und Tollpatschigkeit. Er hat nicht die Strenge seines Vaters geerbt. Dieser äußerst distanzierte Mann, der ihr sagt, sie solle um acht Uhr zu Bett gehen, und dass Fantasie mit achtundsiebzig Jahren nicht mehr angebracht sei. Vergangenen Mittwoch fragte Ludo sie, was sie als Kind glücklich gemacht habe. Sie erzählte ihm, wie sie mit ihrer Schwester immer durchs Wohnzimmer getanzt war. Das wollte Ludo auch machen. Sie suchten eine CD aus, wirbelten zusammen zur Musik umher und ließen sich schließlich atemlos in die Sofakissen fallen. Wie gerne hätte sie mit einer ganzen Schar Enkelkinder so getanzt. Aber das Leben hatte anders entschieden.

Als sie nach Hause kommt, freut sie sich über die Ranunkeln, die sich sanft an den Vasenrand schmiegen. Die bunten Blumen erinnern sie an die Chansonnière Line Renaud. Sie ist ganz verrückt nach ihren Liebesliedern, in denen von Zucker und Honig die Rede ist, von blauen Himmeln und weißen Ozeanen. Als sie die Tür aufgehen hört, dreht sie sich um.

»Ach, Maria, Sie sind da. Setzen Sie sich, ich mache uns ein Tässchen Kaffee.«

»Ich mache das, Madame Delorme.«

»Ach was, dann habe ich wenigstens etwas zu tun.«

Maria gehört zum Haus wie das Inventar, das sie seit dreißig Jahren zweimal wöchentlich abstaubt. Mit ihrer kleinen, untersetzten Gestalt und der vollen braunen Ponyfrisur sieht sie wie eine der Playmobilfiguren aus, die Ludovic bei seinen Besuchen immer aus dem Schrank holt.

»Soll ich mir einen Hund zulegen, was meinen Sie?«

»Die haaren so.«

»Aber er würde mir Gesellschaft leisten.«

»Sie müssen sich ein wenig Zeit lassen.«

»Ich bin es leid, immer allein aus dem Haus zu gehen, ebenso einsam wieder zurückzukehren und inmitten meines ganzen Nippes nur noch Selbstgespräche zu führen. Ich stricke noch nicht einmal.«

»Ich kann mich nur wiederholen, Madame, Sie brauchen Zeit.«

Zeit. Routine. Die leere Hälfte im Ehebett. Manchmal

fehlt ihr die Stimme ihres Mannes. Kein Räuspern, kein Schnarchen, das die Stille durchbricht, keine zweite schmutzige Tasse im Spülbecken. Aber von nun an muss sie sich nicht mehr verstecken, wenn sie Françoise Sagan liest, kann in Endlosschleife Line Renaud hören und ab und an sogar ein paar Tanzschritte auf dem Orientteppich vor dem Kamin wagen. Vergangene Woche hat sie einen Schrank von Henri ausgeräumt, den mit seinen Dreiteilern und Krawatten. Als Nächstes würde sie sich seine Schuhe vornehmen. Im Flur die halb leere Kommode, und am rechten Zeigefinger erinnert sein Ehering daran, dass es ihn einmal gegeben hat.

In den letzten Jahren hatte er eine Leidenschaft für die Napoleonischen Kriege entwickelt. Während er las, saß sie im sanften Mondlicht neben ihm auf der Bank und betrachtete ihre Rosen. Zwischen ihnen herrschte kein Krieg, auch kein Verdruss. Die Eheleute verband etwas Dauerhaftes, das sie beruhigte. Bis zum Schluss würde er bei ihr sein, im Schein der Leselampe vertieft in *Die Schlacht bei Austerlitz*, mit einer Decke auf den Beinen und einer Lupe in der Hand.

Bald ist Weihnachten. Eine Tanne für eine Person. Ihr Leben ist sinnlos geworden.

»Maria, legen Sie das Tafelsilber beiseite und setzen Sie sich zu mir, der Kaffee ist fertig.«

»Ja, Madame, und danach hole ich die Wäsche.«

Ein Augenblick der Stille legt sich über die beiden Frauen, den Maria schließlich durchbricht.

»Haben Sie im Fernsehen die ganzen Katastrophen

gesehen? Dieser Orkan in Argentinien, der ganze Städte zerstört hat? Einfach schlimm.«

»Sie haben recht, ich sollte mich nicht beschweren. Ich habe ein schönes Haus, einen Garten, meine Grabstelle an der Seite meines Mannes ist reserviert, ich bin nicht krank, habe sämtliche Versicherungen, die ich brauche, bin gegen Grippe geimpft, habe einen guten Hausarzt und Geld, ich esse nicht zu salzig, ich rauche nicht, ich trinke nicht, ich gehe zeitig zu Bett. Was soll mir schon groß zustoßen?«

»Das ist prima, Sie werden bestimmt hundert.«

»Meinen Sie? Wie schrecklich!«

Geistesabwesend öffnet sie die Post: Rechnungen und Konzertkarten.

»Hier, Maria, für Sie. Zwei Karten, Sie können eine Freundin mitnehmen.«

»Vielen Dank, Madame, aber das kann ich nicht annehmen.«

»Aber freilich können Sie das, amüsieren Sie sich. Sonst werfe ich die Karten weg. Nächsten Dienstag suchen Sie sich ein Kleid und eine passende Kette von mir aus. Sie werden die Schönste im Publikum beim Chopin-Konzert sein.«

»Das ist lieb von Ihnen.«

»Sie können nun gehen. Die Wäsche kann bis Dienstag warten. Auf Wiedersehen, Maria.«

Sie beugt sich vor, um einen Kleiderbügel aufzuheben, verzieht das Gesicht, reibt sich die Hüfte. Sie muss unbedingt mit Docteur Dubois darüber sprechen. Sie lässt den Bügel auf dem Boden liegen, den räumt sie später weg. Das Angenehme am Alleinsein ist, dass man stets tun und lassen kann, was man möchte. Die ganzen Kleider und Kostüme, nach Farben und Jahreszeiten geordnet! Was haben Jahreszeiten nun noch für eine Bedeutung? Henri beobachtet sie aus seinem silbernen Rahmen. Sie nimmt das Foto ihrer Schwester, die verschmitzt lächelt, und stellt es vor ihren Mann mit dem viel zu ernsten Blick.

Fünf Uhr nachmittags, die unklare Stunde zwischen Tag und Abend. Der Tag empfiehlt sich, der Salon kleidet sich in Schatten. Sie zögert: Soll sie im Dunklen sitzen bleiben oder alle Lampen einschalten? Ein heißes Bad, ein Omelett, ein halbes Kapitel in ihrem Buch, ein wenig fernsehen, morgen kommt Ludo. Auf Radio Bonheur werden gerade Anzeigen vorgelesen: *Dienstag von vierzehn bis sechzehn Uhr: Lottospiel unter Leitung von Pater Jean-Jacques, drei Euro pro Karte, acht Euro für drei Karten, viele Gewinne, Kuchen und heiße Getränke. Sonntag, den 22., Tanz-Matinee der Kriegsveteranen im Festsaal, Kaffee, Kakao, Bar, Eintritt frei. Rentner erfreut sich bei philosophischen Gesprächen und Spaziergängen am Leben und sucht eine kultivierte Dame, die sich entführen lässt. Führerschein unverzichtbar …*

Was würde sie mit einem Mann machen? Zu Henri hatte sie nicht durchdringen können. Und außerdem hat sie keinen Führerschein.

8

An jedem einzelnen Tag durchlebt er erneut, wie er wie von Sinnen vom Hotel zum Meer gehastet war. Noras Augen, weit aufgerissen und leer, ihr maskenhaftes Gesicht. Dazu die ganzen Spaziergänger, die sich einmal eine Tote aus der Nähe ansehen wollten.

Allein war er in die Wohnung zurückgekehrt, die sie gemeinsam einige Tage zuvor verlassen hatten. Sein Familienstand lautete nun: *verwitwet*.

Er nahm ihren Koffer mit nach Hause. Und auch den blau-roten Badeanzug, den ihm der Mitarbeiter der Leichenhalle in einer Plastiktüte überreicht hatte. Den Koffer packte er nicht aus. Den Badeanzug legte er mit ihrer Basttasche in den Schrank. Ins dritte Fach von links.

Ihr Scrabble-Spiel versteckte er im Bücherregal hinter den Lexika, den Stadtführer von Nizza zerriss er in kleine Schnipsel, wie einen Unheilbringer, den er loswerden musste. Erst die Seite von Entrevaux, dann die ganzen anderen.

Von nun an stapeln sich der Abwasch im Spülbecken und die Müllbeutel auf dem Balkon, die Fotoalben bleiben aufgeschlagen auf dem Tisch liegen. Weil er den Duft ihres Haares vermisst, benutzt er ihr Shampoo, mehrmals in der Woche. Beim Blumenhändler kauft er Tulpen und stellt sie in die blaue Vase, Noras Lieblingsvase. Er sitzt vor den Blumen und wartet auf den Augenblick, in dem sie aufblühen. Dann steht er auf, gießt einige Wassertropfen in die Vase, sitzt wieder wie betäubt vor den Tulpen, die zu schön sind für einen einsamen Mann.

Der Arzt hat ihm die sieben Phasen der Trauer erklärt. In der dritten Phase macht sich Wut über den Verlust breit, diese Phase wiederholt sich häufig. Ebenso wie das Gefühl der Machtlosigkeit. Es kommt unerwartet und unvorhersehbar. Ein Lied im Radio genügt, ein Stolpern über ihre Sandalen, an denen noch einige Sandkörner hängen, und schon tauchen ungebetene Erinnerungen auf. An schlechten Tagen spielen alle sieben Phasen gleichzeitig in seinem Kopf zu einem dissonanten Konzert auf. Über Nacht ist sein Haar weiß geworden und kontrastiert mit den immer noch schwarzen buschigen Augenbrauen.

Er hätte sie gerne in den Hügeln von Mouzaïa begraben, dort, wo er sie zum ersten Mal gesehen hat. Dunkle Haut, kurze Hosen, zu knappes T-Shirt, so hatte Nora, die neue Nachbarin, Kieselsteine gegen die Fensterläden seines Kinderzimmers geworfen. Sie hatte ihn mit ihren glänzenden schwarzen Augen, der Pfirsichhaut und dem schelmischen Lächeln hypnotisiert. Dort waren sie

Abhänge hinuntergesaust und hatten abgefallene Feigen verschlungen.

Doch seine Tochter kannte das Algerien der Eltern nicht und wollte das Grab der Mutter besuchen können, der Friedhof von Maisons-Laffitte bot sich folglich an. Marcel hatte nicht die Kraft gehabt, sich zu widersetzen. Unter zwei Bedingungen hatte er eingewilligt: Sie musste einbalsamiert werden, und er wollte nach dem Tod neben seiner Frau ruhen, ihre beiden Namen stünden dann untereinander auf dem Grabstein. Seit der Beerdigung hatte er keinen Fuß mehr auf den Friedhof gesetzt, abgesehen von einem einzigen Mal, an Allerheiligen, weil Manou darauf bestand. Nirgendwo eine Bank, wo er sich kurz hinsetzen konnte, zudem war er über eine vergessene Gießkanne gestolpert. All die Trauernden auf den Friedhofsalleen erstickten ihn. Er hätte sich gern neben Nora gelegt, musste in diesem Meer von Traurigkeit jedoch Haltung bewahren.

An jedem einzelnen Tag sagte er sich, dass er sie hätte begleiten sollen, anstatt zu bleiben und auf die Wörter »doppelter Wortwert« zu starren.

Er weigert sich, Schlafmittel zu nehmen. Er möchte nicht betäubt werden. Solange es wehtut, ist sie da. Wenn er im Morgengrauen endlich einschläft, träumt er von ihren Küssen. Beim Aufwachen bricht die unerträgliche Wirklichkeit mit voller Wucht über ihn herein. Sie und er: miteinander verschlungene Fäden eines wertvollen Stoffs, der früher Tag für Tag weitergewoben wurde. Mit einem einzigen Hieb durchtrennt. Nicht mehr zu flicken. Er vergräbt sein Gesicht in Noras Kopfkissen und sucht nach dem Honigduft, der schon lange verflogen ist.

»Hilf mir, Nora, ich schaffe es nicht.«

An jedem einzelnen Tag seit einem Jahr hat er das Zimmer in Nizza vor Augen, wo er eingeschlafen ist, ohne sich in ihren Armen zu verlieren.

In der Wohnung ist alles unverändert und dennoch anders. Ziellos wandert er durch die Zimmer und hält wie gewohnt vor dem Kalender inne, der den 25. März 2014 anzeigt. Das Metronom gibt nun einen anderen Takt vor. Marcel ist in eine neue Welt geschleudert worden. Eine Welt ohne Freude, ohne Streit über den Speiseplan, ohne Meinungsverschiedenheiten und ohne Mittagessen zu dritt mit Manou. Er hat Angst, den Hörer abzuheben und mit dieser Freundin von Nora zu sprechen, die ebenfalls verwitwet ist und ihn unbedingt zum Abendessen einladen will. Er öffnet seine Post nicht mehr. Die ganzen Trauerkarten haben ihn wahnsinnig gemacht: *Man muss den Verlust hinnehmen. Mit der Zeit wird der Schmerz erträglicher, du wirst schon sehen, eines Tages wird deine Lebensfreude zurückkehren. Es wird schon wieder.* Nein, wird es nicht.

An jedem einzelnen Tag seit einem Jahr lacht sie ihn strahlend an, aus ihrem Flohmarkt-Rahmen auf der Wohnzimmerkommode.

Rechnungen begleichen, Schuhe polieren, eine Schublade voller Erinnerungen ausleeren. Seine Tochter gibt ihm Hausaufgaben wie den Kindern in ihrer Klasse. Lächelnd kündigte sie an: »Nächsten Monat bekommst du dein Zeugnis.« Er aber möchte nach seiner Fasson unglücklich sein. Bei Kalbsbries mit Gemüse, von Manou gekocht, entspinnt sich eine Unterhaltung.

»Hast du Hector besucht?«

»Er ist alt geworden.«

Manou legt ihrem Vater die Hand auf die Schulter. Marcel schreckt hoch, Berührungen, selbst ganz flüchtige, ist er nicht mehr gewöhnt.

»Wie wäre es, wenn ich hierherziehe und nach dir sehe? Im vierten Stock ist eine Wohnung frei geworden. Ich könnte für dich kochen.«

Schweigen.

»Willst du nicht mal wieder zum Scrabble?«

»Ich spiele nie wieder Scrabble. Scrabble bringt einen ins Grab!«

»Im Seniorenzentrum kann man jeden Freitagabend Rommé spielen.«

»Und als Nächstes kommt dann das Altersheim, oder was?«

»Maman würde nicht wollen, dass du dich im Kreis drehst wie ein Nashorn in seinem Gehege.«

»Lass Maman aus dem Spiel.«

Marcel steht auf und blickt aus dem Fenster. Er kann nicht über Nora sprechen. Weder mit seiner Tochter noch mit seinen Freunden. Mit niemandem.

»Warum kommst du nicht einmal in die Schule

und bringst meine Schüler mit deinen Sternen zum Träumen?«

»Vielleicht, wir werden sehen.«

Sie holt einen Umschlag aus ihrer Tasche.

»Hier, für dich. Ein Geschenk.«

»Ich brauche nichts.«

»Ich schenke dir eine Thalasso-Therapie in Saint-Malo.«

»Warum nicht gleich ein Aufenthalt im Krankenhaus, wo du schon einmal dabei bist. Ich mache keinen Urlaub am Meer mehr, das hab ich dir doch schon gesagt.«

»Denk einfach mal drüber nach.«

Er legt den Umschlag auf den Tisch, zieht seinen Mantel an und geht.

Das ist sein Zufluchtsort. Er spaziert umher, als würde Nora plötzlich lächelnd hinter einer Wegbiegung auftauchen und ihn fragen: »Wie geht's den Antilopen?« Er überquert den Gang mit den Reptilien, dann kommen die Landschildkröten. Sie schmiegen sich unter dem künstlichen Licht aneinander, Panzer an Panzer. Ihm täte weniger Panzer ganz gut. Sein Spaziergang endet stets am gleichen Ort. Von der Bank ihm gegenüber scheint Hector in der Zeit erstarrt.

»Weinen Nashörner, wenn sie ihren Gefährten verlieren?«

Der Gong ertönt, der Zoo schließt in wenigen Minuten. Die Nachzügler tröpfeln durch das große Tor, er wird der Letzte sein. Vor dem Schaukasten des Reisebüros legt er einen Schritt zu. Das war schon alles sehr gut organisiert. Der Urlaub mit dem Wohnwagen in Spanien: die Höhen von Bilbao, Barcelona zu ihren Füßen, Kastagnetten und Noras Blumenkleid in Sevilla. Das Leben hielt hässliche Überraschungen bereit.

Draußen freuen sich die Menschen über die milde Luft, nach der sie sich im Winter so gesehnt haben. Marcel betritt ein Bistro, bestellt einen Kaffee an der Bar, zögert und setzt sich schließlich an einen Tisch. Er betrachtet seine großen zerfurchten Hände, die niemanden mehr streicheln, niemanden mehr umarmen. Abgestorbene, mit Friedhofsblumen bedeckte Äste, eine hübsche Metapher, aber ohne Sinn. Er reibt die Hände aneinander, um sich aufzuwärmen. Allein vegetiert er nur noch dahin. Er braucht seine zweite Hälfte, die ihm ein Zuhause gibt.

Der Kellner bringt den Kaffee. Marcel nippt daran und spürt, wie die Tasse leicht zittert. Er stellt sie wieder ab. Viele, viele Jahre wird er noch ohne Nora durchstehen müssen.

An jedem einzelnen Tag drückt er einen Kuss auf die Postkarte.

Ich komme zurück. Ich vermisse Vincennes, und nicht nur Vincennes. Nora.

An jedem einzelnen Tag.

9

»Noch eine, die an Ihre Tür klopft.«

»Wie meinen Sie das?«

»Eine Witwe, eine Amputierte. Die Bezeichnung ist ein wenig hart, aber für mich ist es wie eine Amputation. Selbst nach sieben Monaten weine ich noch gelegentlich ganz allein auf meinem Sofa und starre teilnahmslos ins Leere. Ist das normal, Docteur?«

Sie ist bei Docteur Dubois. Ein drahtiger Mann mit Brille, der sich Zeit für seine Patienten nimmt. Sie kennt ihn schon von jeher. Als junger Arzt behandelte er Frédérics Windpocken, im Laufe der Jahre Henris Prostata, ihre Hitzewellen während der Wechseljahre und Marias Krampfadern. Sie sind zusammen alt geworden.

»Das höre ich sehr häufig. Jeder Zweiten soll ich eine Krücke verschreiben.«

»Eine Krücke?«

»Sie brauchen das nicht.«

»Das stimmt, ich gehe noch jeden Tag spazieren.«

»Das meine ich damit nicht. Einige Menschen brauchen ein leichtes Antidepressivum.«

»Geht es auch ohne solche Mittelchen? Glauben Sie, ich bin stark genug, um diesen Sturm zu überstehen?

Manchmal habe ich das Gefühl, ich bin nur noch ein Schatten, der vom Fenster zum Sessel schleicht, wie in dem Chanson. Glauben Sie, dass ich überhaupt noch existiere? Entschuldigen Sie, dass ich mein Seelenleben vor Ihnen ausbreite, aber ich habe große Angst, dass ich es nicht schaffe. Und mit meinem Sohn kann ich nicht darüber reden.«

Lächelnd blickt er sie an. Seit Jahren beobachtet er sie in ihrer Rolle als Notarsgattin: schön, aufrecht und niemals ungeschminkt.

»Kümmern Sie sich jetzt einmal um sich selbst.«

»Um mich?«

»Was halten Sie davon, wenn ich Ihnen eine Thermalkur verschreibe? In Bagnères-de-Bigorre in den Pyrenäen.«

Dieser nahezu exotische Name gefällt ihr.

»Die Kur trägt den Namen *Geheimnisse der Jugend*: Sprudelbäder und Massagen, Sie werden in Algen und in Heilschlamm eingewickelt.«

»Das ist ein wenig altmodisch.«

»Im Gegenteil, das ist seit einigen Jahren wieder sehr gefragt.«

»Vielen Dank, Docteur. Ich lasse es mir einmal durch den Kopf gehen, aber ich denke, das ist nichts für mich, ich kann mit diesen neuen Moden nicht Schritt halten.«

»Und Ludovic? Wie geht es ihm?«

»Er wird immer größer. Bald feiert er seinen achten Geburtstag. Sie haben von einer Krücke gesprochen: Ludo ist meine Krücke.«

Als sie aus der Arztpraxis tritt, liegt mildes Licht über der Stadt. Sie mag die Aprilsonne, weil sie ihr die alten Knochen wärmt. Zum ersten Mal seit dem 23. September im vergangenen Jahr ist ihr Gang gelöst. Vielleicht kommt das Gefühl der Freiheit gar nicht von dieser frühlingshaften Milde. Und warum sollte sie eigentlich nicht einmal etwas wagen, wo nun ihr Ehemann nicht mehr da ist, der sie wie eine Porzellanfigur in der Vitrine eingeschlossen hatte?

Woher soll sie bloß die Energie für die Reise nehmen? Henri hat sich doch immer um alles gekümmert. Wirklich immer. Sie würde dort keine Menschenseele kennen. Sie geht langsamer. Man braucht Mut, um sein Haus zu verlassen, wenn man weiß, dass einem bei der Rückkehr niemand auch nur die kleinste Frage stellen wird. Den Anruf bei ihrem Sohn bereitet sie vor wie eine wichtige Prüfung. Wird sie Männern auf ewig als kleines Mädchen entgegentreten?

Sie holt tief Luft, wählt die Nummer.

»Guten Abend, mein Liebling. Rate mal, was mir passiert ist.«

»Was gibt es denn?«

»Ich komme gerade von Docteur Dubois.«

»Was ist los? Musst du ins Krankenhaus?«

»Er hat mir eine Kur verschrieben. In Bagnères-de-Bigorre in den Pyrenäen.«

Frédéric fragt sich, ob sein Vater das gebilligt hätte, wo er doch Mineralwasser nicht ausstehen konnte.

»Und wenn jemand bei dir einbricht, während du am anderen Ende der Welt bist?«

»Ach was, wer soll schon bei mir einbrechen. Außerdem werde ich Maria bitten, einige Nächte hier zu übernachten.«

»Nun aber mal langsam. Du wirst doch Maria nicht etwa dafür bezahlen, dass sie bei uns schläft! Ich predige schon seit Monaten, dass wir eine Überwachungskamera anbringen sollen! Ich habe ein Sonderangebot gesehen. Ich kümmere mich darum.«

»Ich muss nicht überwacht werden.«

»Du weißt doch gar nicht, wem du da begegnest. Und wenn du krank wirst, wer wird dich in achthundert Meter Höhe abholen?«

»Ich klettere ja nicht auf den Mont Blanc.«

»Berge mochtest du doch noch nie.«

»Das kann sich auch ändern, und außerdem bringst du da etwas durcheinander: Dein Vater mochte die Berge nicht. Er hatte eine Leidenschaft für Loire-Schlösser, die wir zweiunddreißig Jahre in Folge besucht haben. Ich kenne jeden Quadratzentimeter von Plessis-lès-Tours, Montsoreau und so weiter auswendig.«

»Und wie kommst du nach Bagnères-de-Dingsbums?«

Sie schaut auf die großen Bäume hinten im Garten.

»Denkst du, in meinem Alter ist es gefährlich in den Bergen?«

»Ja, Maman. Wenn du möchtest, gehen Carole und ich mit dir in den Jardin d'Acclimatation im Bois du Bologne. Das würde dir guttun und wäre viel vernünftiger.«

Damit war das Gespräch beendet. Sie blickt auf das Bücherregal. Kurz nach Henris Tod hat sie *Madame*

Bovary dort deutlich sichtbar platziert. Hélène hatte ihr damals den Roman geschenkt und mit einem Lächeln die Passagen erwähnt, die als Verstoß gegen die Sittlichkeit empfunden und bei der Veröffentlichung zensiert worden waren. Marguerite hatte das Frivole an der Kutschfahrtszene – die Straßennamen, die galoppierenden Pferde – nicht verstanden. Aber einige Seiten später hatte sie konfus die Lektüre unterbrochen aus Angst, noch mehr zu entdecken. Das Lesezeichen liegt noch immer zwischen diesen beiden Seiten. *Diese Enttäuschung mündete dann rasch wieder in eine neue Hoffnung, und glühender, begieriger als vorher kehrte sie zu ihm zurück.* Marguerites starrer Körper erbebt. Sie verspürt eine unbekannte Hitze im Unterleib und hält inne. *Sie entkleidete sich ohne jede Zurückhaltung und riß mit gewaltsamen Bewegungen am dünnen Bendel ihres Mieders, der wie eine Natter um ihre Hüften zischte.* Sie schlägt das Buch zu, ihre Wangen glühen, mit geistesabwesendem Blick streicht sie über den Einband. Dann stellt sie den Roman bedächtig wieder an seinen Platz zwischen *Napoleon III. – Frankreichs letzter Kaiser* und den Code civil.

Früh am nächsten Morgen weckt sie ihren Sohn.

»Ich habe mich entschieden. Ich fahre nach Bagnères-de-Bigorre.«

»Auf deine Verantwortung.«

Sie legt auf, geht ins Schlafzimmer und breitet in einem großen Durcheinander ihre gesamte Garderobe auf dem Bett aus. Sie fühlt sich wie ein zehnjähriges Mädchen, das zum ersten Mal verreist. Es klingelt. Sie hat vergessen, dass heute Dienstag ist.

»Guten Tag, Maria, schön, dass Sie da sind. Was würden Sie für eine Kur einpacken?«

»Sind Sie krank?«

»Anscheinend muss ich mich ein wenig um mich kümmern. Ich fahre nach Bagnères-de-Bigorre.«

»Nie gehört.«

»Sagen Sie einmal, könnten Sie vielleicht hier im Haus wohnen, während ich dort unten bin?«

»Aber, Madame …«

»Das wäre doch fast wie Urlaub für Sie, Sie könnten sich schön in den Garten setzen.«

»Ich danke Ihnen …«

»Entschuldigen Sie mich, Maria, ich muss einen wichtigen Anruf tätigen.«

»Und auf mich wartet die Arbeit.«

Maria bügelt ein baumwollenes Nachthemd ihrer Arbeitgeberin. Sie denkt an ihre Einzimmerwohnung mit dreißig Quadratmetern. Der Gedanke an Rosenstöcke und frisch gemähtes Gras ist verlockend.

Ganz gegen ihre Gewohnheiten schenkt sich Marguerite noch eine zweite Tasse Tee ein. Hektisch sucht sie in ihrem Adressbuch nach der Nummer.

»Guten Morgen, Docteur, entschuldigen Sie den zeitigen Anruf.«

»Sie sind wirklich ein Morgenmensch.«

»Es geht um die Thermalkur.«

»Haben Sie es sich anders überlegt?«

»Ich habe nachgedacht, aber ich weiß nicht, was ich mitnehmen soll. Denken Sie, ich brauche Sportbekleidung?

Und für den Abend? Etwas Feines oder ist das dort eher zwanglos? Ich kann nicht schwimmen, ist das schlimm? Man wird aber doch wohl ausschließlich von Frauen massiert, hoffe ich, ich habe in der Zeitung einen Artikel gelesen, in dem stand …«

»Sie machen das schon, Madame Delorme. Alles wird gut werden. Wann möchten Sie denn fahren?«

»Sobald wie möglich.«

Alles ist fertig: ihr Koffer, ihre Handtasche, die Reiseapotheke. Erschöpft setzt sich Marguerite aufs Bett. Morgen wird sie bei *Lili* einen Bademantel kaufen und noch zum Friseur gehen, um sich eine Wasserwelle und eine Maniküre machen zu lassen. Sie möchte perfekt aussehen, wenn sie sich verwöhnen lässt. Und dann schaut sie noch in die Buchhandlung nach etwas Unterhaltsamem zum Lesen. Zur Verkäuferin wird sie sagen: »Das ist für die Fahrt mit der Eisenbahn.«

10

Hier erinnert ihn alles an die Reklame für Hörgeräte und Inkontinenzwindeln, die seit seinem siebzigsten Geburtstag den Briefkasten überschwemmen. Schlamm und Algen sind ihm ein Graus, die vorgeschriebene Badekappe juckt ihn, die lächerlichen Latschen sind zu groß, und er wäre um ein Haar auf den Fliesen zwischen Dusche und Waschbecken ausgerutscht. Überall bedrückende Stille oder unerträgliches Abwassergurgeln und permanentes Geplätscher. Im Obstkorb nicht einmal eine Praline, die den Aufenthalt versüßt. Der durchgeplante Tag macht ihn wütend: Er kann weder ausschlafen, noch hat er Zeit, sich beim Aufwachen mit seinem Transistorradio die Neuigkeiten aus der ganzen Welt anzuhören.

Die vielen Alten in weißen Frotteebademänteln, die wie Gespenster mit einem Becher Wasser in der Hand über die Flure schlurfen, sind niederschmetternd. *Geheimnisse der Jugend*, von wegen! Durchschnittsalter fünfundsiebzig. Und die wichtigste Frage, die man sich ununterbrochen stellt: »Haben Sie gut geschlafen?« Hier schließt sich der Kreis, sie sind wieder zu Babys mit unruhigem Schlaf geworden.

Eine alte Dame mit lilafarbenem Lockenkopf hat ihn angesprochen: »Ich suche einen Mann um die achtzig für eine platonische Freundschaft, wären Sie interessiert?« Feige hat er den Blick abgewandt. Er wäre viel lieber mit Nora zusammen, in ihren Hügeln oder im Paradies, falls es das wirklich gibt. Eines Morgens bekommt er eine Erektion. Für wen bloß? Und warum? Neben ihm ist niemand mehr, den er streicheln kann. Eine höhnische Geste der Natur. Einer von Tausenden Kollateralschäden, weil er das Wesentliche verloren hat.

Vorhin hat ihn eine Krankenpflege-Praktikantin Opi genannt. Warum nicht gleich Dinosaurier? Er weiß, dass er alt ist, aber er will noch nicht zu »den Alten« gehören. Er meidet Luftzug, Kälte verschlimmert seine Arthrose, und aus Angst vor einer neuen Katastrophe begegnet er dem Leben vorsichtiger. Er trägt zwei Pullover übereinander, darunter noch ein kurzärmeliges Hemd, nur zur Sicherheit. Altern bedeutet auch schlottern.

Er erträgt es nicht, die ganze Zeit eingesperrt zu sein, umgeben von Gesichtern, die trotz der ganzen Cremes und Peelings niemals wieder glatt werden. Er wäre lieber wandern gegangen. Wie ein Schaf in einer Herde Wasser trinken und Johanniskrauttee schlürfen zu müssen, das ist nichts für ihn.

Neun Uhr: Wechseldusche. Zehn Uhr: Das Sprudelbad steht einem bis zum Hals. Elf Uhr: Massagedusche. Er liegt auf dem Bauch, auf Rücken und Beine tropft warmes Thermalwasser, das soll gegen Schlaflosigkeit helfen. Er will seine Schlaflosigkeit aber behalten. Mittag: »Sie sind am oberen Rücken ganz verspannt. Lassen Sie einfach locker, Sie sind ganz starr. Ich sehe, Sie haben trockene Haut. Ich empfehle Ihnen eine Feuchtigkeitsmilch.« Dabei hat sie selbst Hände wie Schmirgelpapier. Ohne etwas Süßes morgens ist er unterzuckert, und seine Laune fällt in ungeahnte Tiefen. Er hätte Schokoladenkekse mitnehmen sollen. Er hätte sie in seinem Schrank versteckt und einen nach dem anderen gegessen, wie ein trauriger kleiner Junge.

Eine ungemein schlechte Idee, diese Kur, aber er hat nicht ablehnen können. Nora war das Bindeglied in dem Trio gewesen. Als Manou ihm vorgeschlagen hat, bei ihm im Haus in die vierte Etage zu ziehen, schnürte ihm eine Krake mit ihren Tentakeln die Kehle zu, und die Worte blieben ihm im Hals stecken. Er will nicht seine Tochter als Ersatz für seine Ehefrau, er will Nora zurück.

»Hallo. Ich bin's.«

»Papa?«

»Ich brauche diesen ganzen Zirkus nicht.«

»Sei nicht kindisch, isst du wenigstens genug?«

»Heute steht Spargelcremesuppe auf der Karte. Jeden Tag gibt es eine andere Suppe. Du weißt ganz genau, dass ich das nicht mag ... und diese Berge machen mich auch wahnsinnig!«

»Du konntest meine Überraschungen noch nie leiden. Schon als ich klein war, habe ich sie in deinen Schreibtischschubladen wiedergefunden.«

»Aber, Liebes ...«

»Du bleibst in Bagnères-de-Bigorre. Einem geschenkten Gaul schaut man nicht ins Maul.«

11

Sie haben die 207 im zweiten Stock. Kennen Sie unser Haus?«

»Nein, ich bin zum allerersten Mal hier«, antwortet Marguerite mit einem schüchternen Lächeln.

»Im Augenblick ist es ruhig, wir werden uns gut um Sie kümmern.«

Die Rezeptionistin gibt ihr eine Magnetkarte.

»Bitte schön, Ihr Schlüssel.«

Marguerite blickt das weiße Stück Plastik ratlos an.

»Keine Sorge, der junge Mann wird Sie begleiten.«

Sie hätte lieber einen ganz gewöhnlichen Schlüssel gehabt, aber man muss eben mit der Zeit gehen. Gut, dass sie nicht auf Frédéric gehört hat, der ihr seit einer Woche mit guten Ratschlägen zusetzt. Außerdem hat sie flauschige Handtücher und rutschfeste Sandalen bekommen, ihr kann gar nichts mehr passieren.

Eine Obstschale, eine Flasche Mineralwasser und ein Bastkörbchen mit Pflegeprodukten stehen als Willkommensgruß in ihrem Zimmer. Noch bevor sie den Koffer auspackt, öffnet sie das Fenster weit und atmet tief die kalte, trockene Luft ein. Das Tal mit den malerischen Holzhäusern und den Kühen liegt vor ihr wie eine Modelleisenbahnlandschaft und erinnert sie an ihren letzten Urlaub in den Bergen: den Besuch eines Ferienlagers im Alter von zwölf Jahren. Marguerite streift die Schuhe ab und gräbt die Zehen in den dicken pfirsichfarbenen Teppich unter ihren Füßen. Sie ist erleichtert, dass sie nach der endlos langen Fahrt endlich barfuß laufen kann. Die Eisenbahn war überfüllt, heutzutage sind die Züge doch immer viel zu voll. Bei den Delormes hätte man nie solch kräftige Farben verwendet. Die Wände waren immer beige und wurden alle fünf Jahre neu gestrichen, stets im Farbton Elfenbein, matt, glatt und zum Gähnen langweilig. Sie sorgt sich wegen des viel zu breiten Bettes und wegen der zahlreichen Kopfkissen, Nackenrollen und anderer unverhältnismäßig großer Kissen. Sie fühlt sich wie in *Schneewittchen*.

Zeit für einen Anruf bei ihrem Sohn. Sie nimmt den Hörer in die Hand, drückt wieder und wieder auf sämtliche Tasten. Kein Freizeichen. Noch so eine komplizierte Angelegenheit, die sie nicht versteht. Sie zieht die Tür hinter sich ins Schloss, sie hätte sich besser noch eine Strickjacke übergezogen, und natürlich liegt die Magnetkarte noch im Zimmer. Eine verschlossene Tür, ein leerer Gang: Am liebsten würde sie weinen. Frédéric hatte recht. Es war reiner Wahnsinn, ganz allein an diesen melancholischen Ort zu fahren, der von Bergen umzingelt ist. Sie holt tief Luft, geht zum Lift und teilt ihren Kummer mit dem ersten Menschen, der ihr entgegenkommt.

»Man muss die Karte hineinstecken, wieder herausziehen und dann am Türgriff drehen.«

Die unbekannte Frau hat ein einnehmendes Lächeln.

»Die habe ich aber auf dem Nachttisch liegen lassen.«

»Fragen Sie an der Rezeption nach, dort sind alle sehr nett. Sie werden Ihnen einen Nachschlüssel oder eher wieder eins dieser Plastikdinger machen ... Aber Sie können mir glauben, ich werde mich auch nie daran gewöhnen!«

Zu einem Abendessen im Speisesaal fühlt sie sich nicht mehr in der Lage. Zu viel Neues heute, sie will einfach nur noch zwischen die gestärkten Laken schlüpfen. Sie stopft sich das dickste Kissen hinter den Rücken und drückt auf den Schalter der Nachttischlampe. Alle Lichter gehen gleichzeitig an oder aus. Sie kann sich nicht mehr auf ihr Buch konzentrieren und liegt mit offenen Augen in der schwarzen Nacht von Bagnères-de-Bigorre.

Als sie aufwacht, ist sie verwirrt und blickt verständnislos auf die vielen Kissen auf dem Boden. Dann fällt ihr ein, dass sie in der Nacht eins nach dem anderen heruntergeworfen hat. Die erste Massage beginnt um neun Uhr, sie ist nicht fertig, hat nicht einmal mehr Zeit zum Frühstücken. Der weiße Bademantel, der im Badezimmer hängt, gefällt ihr nicht, sie nimmt lieber ihren eigenen, den sie bei *Lili* gekauft hat. Dick in fliederfarbenen Samtstoff eingewickelt, fühlt sie sich fast in Sicherheit. Sie knabbert einen Keks, den sie im Zug bekommen hat, und beißt dreimal in einen Apfel aus dem Obstkorb.

In der Kabine mit der Nummer zwölf erwartet sie eine Krankengymnastin mit Pausbacken und einem Lächeln wie aus einem Katalog für Thermalkuren.

»Guten Tag, Madame Delorme. Ich werde mich heute um Sie kümmern. Mein Name ist Agnès. Ich hoffe, Sie hatten eine angenehme erste Nacht.«

Langsam entkleidet sich Marguerite, sie ist verlegen, weil sie ihren runzeligen Körper vor dieser weiblich gerundeten jungen Frau entblößen muss, die vor Lebendigkeit nur so sprüht.

»Wir werden Sie wohl ein bisschen aufpäppeln müssen.«

Sie hört die Liebenswürdigkeit, die sich hinter dem etwas rauen Ton verbirgt.

»Mein Mann wollte nicht, dass ich auch nur ein Gramm zunehme. Ich habe noch dieselbe Konfektionsgröße wie mit achtzehn Jahren.«

Sie weiß, dass sie abgenommen hat, sie lässt Mahlzeiten aus, weil sie nicht allein am Tisch sitzen möchte. Zwar können sich ihre Beine noch sehen lassen, aber hier und da ist die Haut nicht mehr straff, vor allem unter den Armen. Und dann ihre Hände, zerknitterter als ein nachlässig gebügeltes Bettlaken.

»Nehmen Sie meinen Arm, ich helfe Ihnen. Jetzt legen Sie sich einfach auf den Bauch, entspannen sich und lassen sich verwöhnen.«

Agnès ist diskret, sie stellt keine Fragen. Marguerite liegt auf der Massagebank und gibt sich vertrauensvoll den warmen Händen hin, die sie sanft berühren, abtasten und durchkneten. Eine Stunde später steht sie wieder auf und taumelt, sie fühlt sich leicht und wie nicht von dieser Welt. Auf den Fluren streifen sich die Bademäntel in einer seltsam filzigen Harmonie. Und überall dämpfen Teppiche in kräftigem Apricot alle Geräusche. Ihr ist ganz schwindelig, sie schaut auf ihre Füße. Sie hat die Schuhe in der Kabine vergessen.

Im Ruheraum trinkt sie mit kleinen Schlucken das dritte Glas Wasser. Diese Regel gilt seit ihrer Ankunft: mindestens acht Gläser Wasser pro Tag. Sie würde gerne einmal kurz verschwinden, hat aber in fünf Minuten bereits den nächsten Termin: duschen mit kaltem, kräftigendem und belebendem Wasser.

Seit Henris Tod schläft sie unruhig. Sie hatte sich an sein Schnarchen gewöhnt, wie andere sich an Züge gewöhnen, die um drei Uhr morgens am Fenster vorbeirattern. Wie bestimmt das Schicksal die Lebenswege? Warum in einer kleinen Stadt im Pariser Umland und nicht am Ufer des Genfer Sees oder auf einer Straße in Neapel? Während all der Ehejahre hatte sie nie etwas infrage gestellt. In Bagnères-de-Bigorre, zwischen Algen und Agnès' Händen, zwischen drei Wasserdüsen und einer Massage mit heißen Steinen, nimmt sie sich zum ersten Mal Zeit und lässt ihr Leben Revue passieren. Hat sie ihren Mann geliebt? Sie erinnert sich an die Fassade von Chambord, wie majestätisch sie aussah. Warum hatte sie ihm nie gesagt, dass sie gerne einmal etwas anderes sehen würde als die Loire-Schlösser? Sie hatte sich stets würdevoll und vorbildlich verhalten. Brav, äußerst brav. Anstand ist keine Entschuldigung für ständiges Schweigen, aber jeder tut, was er kann, mit dem, was er bekommt. Sie war immer nur *die Tochter von*, *die Schwester von*, *die Frau von* gewesen.

Vor dem großen Fenster mit Blick zum Berg wird ihr ganz schwindelig angesichts ihres Lebens, das ins Bodenlose zu fallen scheint. Seit ihrer Ankunft hat sie keine vernünftige Unterhaltung geführt. Hier ein *Danke*, dort ein *Guten Tag* und ein *Auf Wiedersehen*. Vielleicht braucht sie das am meisten, damit sie weitermachen kann. Alles in allem war es doch eine gute Idee hierherzukommen. Trotz der Schwierigkeiten bekommt ihr die Kur gut. Sie denkt an Ludovic und seine Höhlen aus Kissen auf dem Sofa, an ihr Dame-Spiel. Wenn sie wieder zu Hause ist, wird sie ihm von den komischen Schwimmbädern, den endlosen Duschen und dem Roggenbrot ohne Butter erzählen. Er wird ihr seine Verstecke auf dem Pausenhof verraten.

Um neunzehn Uhr hat sie im großen Salon einen Termin zur Halbzeitbilanz. Eine komische Bezeichnung, wo doch die Menschen hier alle so langsam gehen. Die ältere Dame mit den kurzen Haaren, die sie vor dem Aufzug getroffen hat, setzt sich zu ihr.

»Ich heiße Paulette, ich komme seit zwölf Jahren hierher, und jedes Mal ist es eine Wohltat. Wissen Sie, im Laufe der Zeit schließt man Freundschaften.«

Der Leiter ergreift das Wort.

»Guten Abend, meine Damen und Herren, und vielen Dank, dass Sie sich für unsere Kur *Geheimnisse der Jugend* entschieden haben. Sie werden bereits die ersten positiven Auswirkungen der Ruhe und des Klimas bemerkt haben. Die angenehme Umgebung, liebevolle Betreuung und eine ausgewogene Ernährung sind ideale

Bedingungen, um wieder mit sich selbst ins Reine zu kommen.«

Die Kurgäste sind anscheinend daran gewöhnt, ganz ungeniert über ihre Zipperlein zu sprechen. Zwei verloren wirkende alte Männer klammern sich an ihre Rollatoren und fragen, ob sie jemand in den Garten begleiten könnte. Vom Ende des Saals ertönt eine tiefe Männerstimme: »Bekommt man in dieser Einrichtung irgendwo einen Cappuccino?«

»Nein, Monsieur. Kein Koffein, keinen Alkohol. Das einzige Ziel Ihrer Kur in den Bergen ist Ihre Gesundheit. Ich möchte Sie außerdem an unsere verschiedenen Abendaktivitäten erinnern: Entspannungsübungen in der Gruppe, Rückenschule, Ernährungsberatung, Vorträge über Osteoporose-Prävention oder Inkontinenzmanagement.«

Ein Stuhl fällt um, alle Anwesenden drehen sich um, eine große Gestalt verlässt den Raum.

12

Kann Lächerlichkeit einen umbringen? Auf den Behandlungstischen liegen in feuchtheiße Tücher eingewickelte Kurgäste, die wie Mumien aussehen. Der Tongeruch kitzelt Marcel in der Nase, er braucht dringend ein Taschentuch. Das Michelin-Männchen rechts neben ihm schnarcht. Marcel dreht den Kopf und fragt den Nachbarn links: »Wissen Sie, wann wir wieder erlöst werden?«

»Es hieß, nach dreißig Minuten.«

»Dreißig Minuten! Wie soll ich das denn aushalten? Ich kriege schon jetzt Gehirnflattern.«

»Und bei mir zuckt das Augenlid.«

»Wie im Zuchthaus hier. Die Stille macht mich eher mürbe, von Beruhigung keine Spur!«

»Denken Sie an etwas anderes.«

»Das kann ich nicht. Mein ganzer Körper kribbelt, als würden Ameisen darüberkrabbeln.«

Das Michelin-Männchen schnarcht inzwischen noch lieblicher.

»Sind Sie sicher, dass eine Thermalkur das Richtige für Sie ist?«

»War die Idee meiner Tochter.«

Eine Glocke ertönt. Zwei Pfleger befreien sie und empfehlen fünfundzwanzig Minuten Erholung nach der Anwendung. Sogar die freie Zeit wird straff durchgeplant. Mit Nora wäre das alles anders. Er kann diese strahlend weißen Fliesen nicht mehr sehen. Pfeile weisen den Weg zur Aussichtsterrasse. Hier wird nichts dem Zufall überlassen.

Die überwältigende Landschaft lässt bei ihm endlich ein Gefühl von Freiheit aufkommen. Schon immer war ihm am wohlsten, wenn er seinen Blick in die Ferne schweifen lassen konnte. Viele Kurgäste genießen noch die letzten Strahlen, bevor die Sonne hinter den Pyrenäen versinkt. Im April möchte jeder die knappen Sonnenstunden ausnutzen. Eine Runde recht behäbiger Herren bespricht den letzten Aufstieg auf den Col d'Aspin. Ein Mann, bei dem der zwanzigste Geburtstag auch schon ein Weilchen her ist, klammert sich an den Arm einer Krankenschwester. Weiter hinten legt ein zuvorkommender Ehemann seiner Frau eine Decke über die Beine.

Neben einer zierlichen Gestalt, die in eine Stola gehüllt ist, steht noch ein freier Liegestuhl. Alle anderen sind belegt. Die Dame wirkt verloren inmitten der orangefarbenen Liegeflächen aus Leinen. Die Frisur sitzt tadellos. Kaum vorstellbar, dass ihr Haar heute überhaupt mit Feuchtigkeit in Berührung gekommen ist. Mit einem Glas Quellwasser in der Hand und einem Buch auf den Knien blickt sie hinauf zu dem Dorf hoch oben in den Bergen.

»Ist hier noch frei?«

Ohne die Antwort abzuwarten, setzt sich Marcel.

»Haben Sie das Krachen gehört?«

»Welches Krachen?«, fragt sie, ohne ihn anzuschauen.

»Vom Stoff. Liegestühle sind einfach nie stabil genug für mich.«

Sie starrt weiter reglos in die Landschaft.

»Sind Sie zum ersten Mal hier? Ich habe eine Thalasso-Therapie in Saint-Malo geschenkt bekommen. Und die habe ich gegen diese Kur hier eingetauscht. Und Sie?«

»Mein Hausarzt hat mir eine Luftveränderung verschrieben. Damit lag er ganz richtig, der Himmel hier ist so wunderbar blau …«

»Mir geht dieses Blau auf die Nerven. Ich mag nur Sternenhimmel.«

»Mir gefiel der Tag immer schon besser als die Nacht.«

Die Unterhaltung stockt. In ihr Schweigen mischen sich Gesprächsfetzen der Nachbarn: »Am Montag sind wir nach Lourdes gefahren. Ich habe zwei Flaschen Weihwasser mitgenommen, für meine Schwester.«

»Sie sind also eine Sonnenanbeterin?«

»Mein Sohn sagt immer, Sonne sei in meinem Alter nicht mehr zu empfehlen.«

»Man wird nicht jünger. Daran kann auch die ganze Heilerde nichts mehr ändern. Furchtbar, diese ständigen Wickel!«

»Ich habe die Behandlung mit der Brause sehr genossen.«

»Gestern Nachmittag, ein absoluter Albtraum.«

»Finden Sie wirklich? Wie ein sanfter Regen ist das Wasser auf meine Schultern geplätschert, ich habe die Augen geschlossen und mich entspannt.«

»Ich saß im Schneidersitz da, fühlte mich wie ein Frosch auf einer Seerose, dann noch dieser Regenguss auf meinem Kopf, als wollte man mich im Teich ertränken.«

»Wie ein Frosch?!«

Sie kichert hinter vorgehaltener Hand.

»Eine Kröte!«

Sie lacht noch mehr, und ihn überrascht dieses Lachen eines kleinen Mädchens im Körper einer alten Dame.

»Eine Kröte mit Flapperschlappen.«

»Flapperschlappen?«

»Diese schrecklichen Ungetüme aus Plastik, die wir an den Füßen tragen müssen.«

»Klingen fast wie die Steppschuhe von Gene Kelly in *Du sollst mein Glücksstern sein*.«

»Cyd Charisse in ihrem smaragdgrünen Mieder.«

»Mit ihren langen Beinen.«

»Das ist schon so lange her«, stammelt sie.

»Was denn? Was ist lange her?«

»Dass ich von ganzem Herzen gelacht habe.«

»Bei mir auch, das tut richtig gut.«

Marcel kommt wieder zu Atem. Er würde seiner Nachbarin gerne ein Gläschen Pastis anbieten, aber in dieser Anstalt sind Aperitifs tabu. Um sie herum sind die Gespräche verstummt. Sanfter Nebel steigt aus dem Tal empor.

»Meine Tochter ruft jeden Abend an und fragt, ob ich auch vernünftig esse.«

»Mein Sohn auch. Er macht sich Sorgen um mich. Er hat Angst, dass ich mir den Oberschenkelhals breche oder zwielichtige Gestalten kennenlerne.«

»Haben Sie Enkelkinder?«

»Nur eins, leider. Aber der Kleine ist mein Ein und Alles. Und Sie?«

»Fünfundzwanzig. Also, ich meine, meine Tochter Manou ist Lehrerin. In ihrer Klasse sind fünfundzwanzig Kinder.«

»Ich wäre auch gerne Lehrerin geworden. Mein Sohn ist Notar.«

Jemand verkündet, dass die Terrasse in einer Viertelstunde schließe und die Lichttherapie gleich anfange.

»Wir können unsere Zeit nicht mehr frei einteilen. In diesem Sanatorium wird man von morgens bis abends herumkommandiert.«

»Mag sein, aber mir kommt das gerade recht. Ich habe vor sieben Monaten meinen Mann verloren, seitdem drehe ich mich im Kreis. Ich finde es schön, wenn man mir einige Tage lang sagt, was ich machen soll.«

Sie wickelt die Stola fester um den zerbrechlich wirkenden Körper, als bedauere sie, ihre gegenwärtige Einsamkeit preisgegeben zu haben. Das schöne Licht, in das die Terrasse gerade noch getaucht war, weicht einer kalten Stimmung, die die Berge unheimlicher wirken lässt.

»Die Lichttherapie am Dienstag hat mir sehr gutgetan. Begleiten Sie mich?«

Er brummt: »Nein, ich mag kein künstliches Licht. Ich gönne mir lieber noch einen dritten Möhren-Gurkensaft.«

»Wie Sie wollen.«

Er sieht ihr nach. Der straffe Haarknoten, von unzähligen Nadeln unsichtbar zusammengehalten, hält jede Strähne adrett an ihrem Platz.

13

Ach, du bist es, mein Schatz. Geht's dir gut?«

»Ich bin verstimmt.«

»Guten Tag erst mal, und du könntest dich ruhig nach meinen Knien erkundigen. Ich muss sagen: Sie schmerzen von Tag zu Tag weniger.«

»Maman, ich habe im Haus nach dem Rechten geschaut. Maria hat sich dort eingenistet. Sie schläft in deinem Bett, weißt du das? Sie hatte sogar ein Kleid von dir an.«

»Das besprechen wir später.«

»Das gefällt mir ganz und gar nicht.«

»Aber, mein Schatz ...«

»Maria ist die Putzfrau! Sie gehört nicht in unsere Welt, und du lässt sie in deinem Bett schlafen!«

»Vielleicht ist es an der Zeit, andere Menschen in unsere Welt zu lassen.«

»Die Berge bekommen dir nicht. Du unternimmst doch wohl wenigstens nichts Gefährliches? Und es ist alles im Preis enthalten, ja? Du musst nichts draufzahlen?«

»Nein, nein, die gute Luft mit dem vielen Sauerstoff und die fabelhafte Aussicht sind im Preis inbegriffen. Entschuldige mich jetzt bitte, ich muss mich für das

Abendessen frisch machen. Lieb von dir, dass du dir Gedanken über mein Wohlbefinden machst.«

»Sei bloß vorsichtig. Pass auf, dass du nicht ausrutschst. Ich rufe dich morgen um 18 Uhr wieder an. Bleib in der Nähe des Telefons.«

In seinem düsteren Büro kaut Frédéric nervös auf der Unterlippe herum. Seit sie verwitwet ist, ist seine Mutter außer Rand und Band. Sie fällt aus der Rolle, die er seit jeher kannte. »Die gute Luft mit dem vielen Sauerstoff!« Das sind vielleicht die ersten Anzeichen für eine leichte Demenz. Er muss mit Docteur Dubois darüber sprechen. Er hätte ihr ein Handy mitgeben sollen, dann wäre sie jederzeit erreichbar gewesen. Ohne ihren Mann, der für Ordnung sorgte, hat sie nichts als Flausen im Kopf. Sein Vater hatte einmal zwischen Aktenstapeln gesagt: »Ich liebe deine Mutter, wenn auch nicht immer so, wie ich sollte. Diese Frau braucht einen Mann an ihrer Seite: Wenn ich einmal nicht mehr bin, wird hier das Chaos ausbrechen.« Vielleicht sollte er zu ihr in die Berge fliegen. Aber der Nachlass der Duvernois und der Grundstückskaufvertrag in Sachen Chassy de Montrachet warten auf ihn. Sie kommt am Montag zurück, er wird sie vom Bahnhof abholen. Ausgeschlossen, dass sie weiterhin nach Einbruch der Dunkelheit spazieren geht! Maria würde er entlassen. Völlig grotesk hatte sie im Kleid seiner Mutter ausgesehen! Er hasste Unvorhergesehenes. Nur einmal, ein einziges Mal, hatte er es mit einem anderen Stil probiert. In Jeans und sportlichem Hemd war er sich vor seinen Angestellten wie eine Witzfigur vorgekommen. Seitdem trug er stets einen Anzug, auch an den Wochenenden. Er hatte seinen Vater nie hemdsärmelig gesehen: Selbst in den Ferien war er niemals nachlässig gekleidet gewesen. Fantasie lag ihm nicht, und es beruhigte Carole, einen tadellos gekleideten Mann mit Krawatte an ihrer Seite zu haben. Luft zu holen gestattete er sich einzig und allein beim Tischtennis sonntagmorgens mit der Mannschaft aus Sartrouville. Nächste Woche würde er sich um eine Gesellschafterin für seine Mutter kümmern. Mochte es kosten, was es wolle, so würde er den Schaden zumindest begrenzen. Er ist Einzelkind, nur er allein kann sich so um die Dinge kümmern, wie es im Sinne seines Vaters gewesen wäre. Notar Delorme, Vater wie Sohn. Ja, sein Vater wäre stolz auf ihn.

Marguerite schaut aus dem Fenster. Die Terrasse ist nun menschenleer. Nur noch verlassene Liegen. Er hatte sich neben sie gesetzt. Ein großer und stattlicher Mann. Seine schwarzen buschigen Augenbrauen bilden einen Kontrast zu seiner weißen Mähne. Falten um die dunklen Augen, leicht hängende Schultern. Ihr war aufgefallen, dass er mehrere Wollpullover übereinander trug, seine großen, knotigen Hände hingen verloren aus den Ärmeln, dazu diese unpassenden Strümpfe. Sie erinnert sich, dass sie bei diesem Anblick ein Lächeln nicht ganz unterdrücken konnte. Ihr Gespräch war von langen Momenten des Schweigens unterbrochen gewesen, die Berge waren die einzigen Zeugen. Sie hatte auf die Baumspitzen gestarrt und sich gefragt, wer als Erstes diese fragile Situation beenden würde, ob sie die richtigen Worte fand oder mitten im Satz ins Stocken geriet. Sie hatten vom blauen Himmel gesprochen und von ihren Kindern, die verbitterten Falten um den Mund des Unbekannten waren sanfter geworden. Dann hatte sie über den Frosch unter der Dusche gelacht. Er hatte ebenfalls gelacht und gesagt: »Das tut richtig gut.«

Vorsichtig zieht sie die Vorhänge zu, legt sich aufs Bett und schaltet den Fernseher an. *Schatten der Leidenschaft*. Kann Sharon Avery wirklich vertrauen?

Ihr ist heiß und kalt, und sie hat ein seltsames Gefühl im Bauch. Vielleicht sollte sie ein heißes Bad nehmen? Sie schlägt ihr Adressbuch auf, blättert bis zum Buchstaben D und wählt die Nummer.

»Hallo, Docteur?«

»Madame Delorme ... Sind Sie schon wieder zurück?«

»Nein, ich bin noch in Bagnères-de-Bigorre. Ich fühle mich irgendwie ... fiebrig, genau, fiebrig fühle ich mich.«

»Vielleicht bekommen Sie eine Erkältung. Oder es ist die Luftveränderung. Zwei Paracetamol, dann schlafen Sie sich mal richtig aus, und morgen sieht alles schon wieder ganz anders aus. Kommen Sie vorbei, wenn Sie wieder da sind. Ich muss jetzt auflegen, das Wartezimmer ist voller Patienten.«

»Zwei Paracetamol ... Ich weiß nicht, ob das genug ist.«

14

Marcel läuft in seinem Zimmer auf und ab. Wie viele Jahre bleiben ihm noch? Er ist schon älter als sein Vater bei dessen Tod. Er wird der Nächste sein. Zehn Jahre? Zwanzig Jahre? Fünfzehn Jahre auf der Bank mit Blick auf Hector? Seit der Tragödie in Nizza fühlt er sich entwurzelt. Er will nicht zum alten Eisen gehören, verwitwet und nutzlos. Er betrachtet seine Hände, als wären sie nicht Teil seines Körpers, als könnte er seine beste Seite nur mit ihrer Hilfe zeigen.

Er schnappt sich eine blaue Weintraube aus dem Korb, und noch eine, dann isst er alle auf.

Das Universum zieht sich zusammen, das Herz aber nicht. Die Unbeschwertheit und das Lachen fehlen ihm. Noras Blumenkleid fehlt ihm. Noras Chuzpe fehlt ihm.

Er denkt an die verregnete Campingnacht damals, Wasser sickerte ins löchrige Zelt, Noras lachendes Gesicht, benetzt mit Regentropfen.

Er denkt an das Licht, das von den aneinandergedrängten weißen Häusern in Algerien zurückgeworfen wird, bis man fast blind wird. Und an das Café seines

Onkels am Hafen. Dort beobachteten sie die Alten, wie sie endlose Partien Domino spielten und dabei getrocknete Blätter kauten und in Zigarettenpapier eingerollte Asche von Feigenbäumen rauchten, ein Gläschen Ricard oder ein Beo-Bier immer neben sich. Die Kinder sammelten Bierdeckel aus Pappe und tauschten sie untereinander, dann warfen sie die Stapel in die Luft, und das Spiel begann von Neuem.

Auf der Zunge hat er den Geschmack von frischer Pfefferminze, sonnengereiften Mandarinen, scharfem Harissa und Pistazien, die zwischen den Zähnen krachen. Im Ohr hat er das Stimmengewirr der Altstadt, das Durcheinander der Sprachen und den Gesang des Distelfinken, der sich auf der Schulter eines Spaziergängers im Jardin d'Essai niedergelassen hat. Der durchdringende Duft von Jasmin strömt ins Zimmer.

Von Bab-el-Oued bis Saint-Etienne stromerten sie durch das Labyrinth aus belebten Straßen, vorbei an Straßenhändlern, die sich mitten auf den Bürgersteigen niederließen. Eines Tages waren sie, ohne zu zahlen, in die Straßenbahn gestiegen, und als der Kontrolleur ihre Fahrscheine sehen wollte, hatten sie so getan, als hätten sie sie verloren.

Er erinnert sich an die Tajines, die Nora unter der liebevollen Aufsicht ihrer Tante zubereitete. Schon mit zehn Jahren wusste sie sämtliche Zutaten: geröstete Mandeln, saftige Backpflaumen, über Nacht eingeweichte Rosinen, Zimt, auf niedriger Flamme im Tongefäß geschmortes Lamm. Köstlich wie ihre Kindheit. Ein süßes Gericht mit viel Würze, das von Tag zu Tag leckerer wurde und das ganze Leben lang schmecken sollte.

Freuden, Dramen, man hat darauf keinen Einfluss. Die Bilder prallen aufeinander. Das Beste verschmilzt mit dem Schlimmsten.

Er denkt daran, wie er in Nizza wie von Sinnen zum Hotel gehetzt war. Wie oft ist er diesen Weg in Gedanken abgelaufen? Jedes Detail hatte sich in seine Erinnerung eingebrannt. Auf dem Aluminiumtisch der Leichenhalle lag statt des kleinen Mädchens in Shorts mit Pfirsichteint, Honigduft und frechem Blick der blaue, steife und kalte Körper. Ein unwürdiger Abschied.

Er erinnert sich an ihre Rückkehr nach Vincennes. Immer noch dieselbe. Aber größer, schöner, kurviger. Sie sprachen nicht miteinander, sie begrüßten sich noch nicht einmal, sie liebten sich einfach gleich, mit weit geöffneten Augen. Er war in sie eingedrungen, als wäre er in ihr zu Hause. Dann erst wurde er zärtlich, und sie küssten sich zum ersten Mal. Er wollte wieder in dem Festsaal sein und noch einmal ihrer Ansprache zur Rubinhochzeit lauschen. Sie ist für immer und ewig gegangen, er ist jeden Morgen aufgestanden und hat weitergeatmet. Er ist nicht daran gestorben, dass er sie überlebt hat.

Er steht vor dem Waschbecken im Badezimmer, lässt kaltes Wasser laufen und spritzt sich ein paar Handvoll ins Gesicht.

Er blickt aus dem Fenster. Die leeren Liegestühle langweilen sich in der Dämmerung. Warum hat er dieses Geschenk bloß angenommen? Was macht er in Bagnères-de-Bigorre, gefangen in diesem goldenen Käfig? Er wäre viel lieber ins Bison-Reservat nach Lozère gefahren oder zum astronomischen Observationszentrum auf dem Gipfel des Pic du Midi. Wozu sollte diese Begegnung auf der Terrasse überhaupt gut sein? Nora war bei ihm, er konnte sie spüren. Und dennoch: In den grauen Augen dieser Frau sah er Ehrlichkeit. Dieses aufrechte, sanfte und zerbrechliche Wesen erinnerte ihn an eine Romanfigur. Und plötzlich dieses unvermittelte Geständnis ihrer Einsamkeit. Das hat ihn berührt.

Behutsam legt er den Daumen auf seine rechte Augenbraue, streicht zwei Mal bedächtig darüber und glättet erst sie, dann die linke. Er stellt sich vor, wie er langsam die Nadeln herauszieht, die ihre weißen Strähnen so fest zusammenhalten wie die Federn eines Vogels, dessen Flügel zusammengebunden sind. Er öffnet das Fenster einen Spalt, um erneut seinen Blick über die leere Terrasse schweifen zu lassen. Die Lichter der Stadt schimmern im Tal wie Kerzen auf einem Geburtstagskuchen.

Und ein weiteres Mal hat sich der Wind gedreht, und Marcel weiß nicht, in welche Richtung.

15

Das Abendessen wird um 19.30 Uhr serviert. Sie setzt sich immer auf denselben Platz neben Paulette, die unaufhörlich von den Abenteuern ihrer Großneffen plappert. Sie ist gespannt, wohin er sich wohl setzen wird.

Sie öffnet den Schrank, betrachtet ihre Kleider. Zu hell, zu dunkel, nicht fröhlich genug. Warum trägt sie bloß keine Hosen? Ja, eine Hose mit einer Bluse würde sie jünger machen. Etwas Puder, ein Hauch Farbe auf die Lippen, ein wenig die Augenbrauen nachziehen, ein bisschen Mascara. Mit zwanzig hatte sie volle und schön geschwungene Wimpern. Das war in einem anderen Leben. Und auch eine Maniküre macht die Hände nicht weniger runzelig.

Sollte sie sich gleich an seinen Tisch setzen oder das Dessert abwarten? Er wird vielleicht vorschlagen, ihr Gesellschaft zu leisten. Sie schaltet den Fernseher an: Sharon und Avery küssen sich. Abrupt schaltet sie wieder aus, trinkt ein Glas Wasser, schlägt ihr Buch auf, schließt es wieder.

Sie entscheidet sich für dunkelgraue Nylonstrümpfe. Beim Hineinschlüpfen verzieht sie das Gesicht. Sie schwankt zwischen einer Kette und Ohrringen, steckt sich die Brosche ihrer Schwester ans Revers ihres Kleides. Sie denkt daran, wie sie Louis Leduc unter dem Vordach des Pausenhofs geküsst hatte, mit rosigen Wangen und hundert Millionen Lichtjahre von der Vorstellung entfernt, dass sie eines Tages ihr faltiges Dekolleté verstecken würde. Ein süßer Kuss, ein zu schnell ausgewickeltes Bonbon. Sie erinnert sich, wie sie ihm »Ich liebe dich« ins Ohr flüsterte, weil die Klassenkameradin meinte, das mache man so, wenn man einen Jungen küsse. Ihr Herz rast, ihr ist heiß, alles dreht sich, und sie setzt sich wieder aufs Bett, nur mit den dunklen Strümpfen bekleidet. Was würde geschehen, wenn sie in diesem Aufzug beim Abendessen erschiene? Sie käme auf die erste Seite der Lokalzeitung. Wie gerne ließe sie zehn Jahre und ein paar Fältchen auf der zweiten Etage zurück, nur für einen Abend. Aber Wunder gibt es nicht, nur eine Frau von achtundsiebzig Jahren mit Schwindel, die zu viel fernsieht. Das Bild von Line Renaud in der Fernsehserie *Lido* kommt ihr in den Sinn. Hier kann sie nicht wie in einem Pariser Revuetheater die Treppe hinabschreiten, in den Speisesaal von Bagnères-de-Bigorre führen nur einige Stufen. Aber sie würde das Beste aus der Situation machen, auch ohne Boa.

Und wenn das alles bloß blanker Unfug ist? Langsam schreitet sie auf dem pfirsichfarbenen Teppich über den langen Flur. Sie weiß nicht, ob sie Zeit gewinnen oder sich beruhigen möchte. Sie lässt ihren Blick durch den ganzen Saal schweifen. Er ist nicht da. Mechanisch geht sie weiter und setzt sich an ihren Stammplatz. Paulette plaudert über Benjamin, der gerade mit Karateunterricht angefangen hat.

Wahrscheinlich braucht er einfach Zeit, um sich für ein Hemd zu entscheiden. Blau kariert oder grün gestreift. Es ist 19.49 Uhr. Um 19.51 Uhr wird er bestimmt auftauchen.

Auf der Karte stehen: Blumenkohlsuppe, Kabeljaurücken, Püree von grünen Bohnen, Obstsalat. Und Wasser, immerzu Wasser. Sie hat keinen Hunger. Wenn sie den Mut dazu hätte, würde sie einen Wodka bestellen.

Womöglich hatte er einen Schwächeanfall? Sie sollte an der Rezeption Bescheid geben. Sie hat im Radio gehört, dass Cannabisrauchen mutig macht. Paulette nimmt sich einen Nachschlag vom Gemüsepüree.

»François hat eine Stelle in Luxemburg gefunden. Als Rechtsberater. Ein bedeutender Posten, man hat ihm für nächstes Jahr eine Beförderung in Aussicht gestellt.«

Marguerite sehnt sich nach ein wenig Stille, weil sie sich die Terrasse, die ächzenden Liegestühle und die weiße Mähne wieder in Erinnerung rufen möchte. Er wird kommen und sagen, dass er sich über das Wiedersehen freue, dass er an sie gedacht und sich nicht getraut habe, herunterzukommen. Die Balneotherapie muss ihn erschöpft haben, er ruht sich vor dem Abendessen aus.

»Ich habe Ihnen noch gar nicht vom Sohn meiner anderen Schwester erzählt, der in Argentinien lebt. Er exportiert Rindfleisch in angelsächsische Länder.«

Marguerite erinnert sich an Frédérics Worte: »Die Berge bekommen dir nicht.« Völlig falsch lag er damit nicht. Sie hat zugelassen, dass sich alte Träume eines jungen Mädchens ihren Weg an die Oberfläche bahnen. Dieses ganze Theater wegen eines alten, verwelkten Herrn. Was soll das alles überhaupt? Sie steht auf, Paulette schwatzt weiter von ihren Neffen. Die Zeitschriften aus den Wartezimmern hatten ihr falsche Tatsachen vorgegaukelt. Wenn man Witwe ist, dann für immer! Jetzt reicht's: zwei Paracetamol und ab ins Bett.

Sie hofft, der kalte Wasserstrahl morgen um elf Uhr bringt sie auf andere Gedanken. Den Rest des Tages wird sie Bereiche meiden, wo sie ihm über den Weg laufen könnte, dann bei der Rezeption anrufen, einen Migräneanfall vortäuschen und sich Fenchelsalat mit etwas Zitrone aufs Zimmer bestellen. Sie wird Sharon und Avery beim Küssen zuschauen.

16

Marcel ist mit leerem Magen eingeschlafen, seine Nacht war nicht erholsam. Beim Aufwachen sah er das Bild dieser Romanfigur mit den leuchtend grauen Augen vor sich. Er wird zum Frühstück gehen, sich zu ihr an den Tisch setzen und die Unterhaltung an der Stelle weiterführen, wo sie unterbrochen wurde.

Sie sitzt nicht im Speisesaal. Auch am Büffet keine Spur von ihr. Er stolpert über die Stufe zur Veranda.

»Typisch Frau, löst sich einfach in Luft auf«, murmelt er.

Weil Koffein nicht erlaubt ist, trinkt er einen Malzkaffee, dann gleich noch einen. Als er sich gerade eine Scheibe Vollkornbrot dick mit Bio-Feigenmarmelade bestreicht, geht sie wortlos an ihm vorbei – der Haarknoten sitzt tadellos, noch strenger als zuvor – und nimmt zwei Tische weiter Platz. Neben ihm ist ein Platz frei. Warum hat sie sich nicht zu ihm gesetzt? Hat sie ihn nicht gesehen, oder zeigt sie ihm die kalte Schulter, um sich interessant zu machen? Ihm ist, als wäre er auf dem Pausenhof für Senioren. Er kann ihre Stimme hören.

»Ich habe heute Morgen keinen großen Hunger, Paulette.«

Ihr gegenüber sitzt eine Dame mit kurzen roten Haaren, die gut im Futter steht und mit ihrem Gerede den ganzen Saal unterhält.

»Ich habe Bilder mitgebracht. Schauen Sie einmal, der Kleine da rechts, das ist Benjamin, und hier, Camille, Jean-Charles, Adeline und François. Die ganze Familie im Urlaub in Cabourg. Und das Essen dort ... einfach *phä-no-me-nal*! Die Austern, mein Gott, *köst-lich*! So, nun muss ich aber noch mal zum Büfett, ich könnte ein ganzes Pferd verdrücken.«

Er hält das nicht aus. Zum Teufel mit den Konventionen! Mit Untertasse und Tasse in der einen und Zucker in der anderen Hand geht Marcel die wenigen Meter und nimmt gegenüber den leuchtend grauen Augen Platz.

»Haben Sie schon gesehen, was für heute auf dem Programm steht? Weniger Anwendungen als sonst ... Ich fühle mich wie ein halb freies Rhinozeros ... Wir könnten doch einen kleinen Ausflug machen ... Ziehen Sie sich Sportschuhe an, packen Sie Ihre Stola ein, ich kümmere mich um alles Weitere.«

Wie erstarrt klammert sie sich an ihr Marmeladenglas, das sie immer noch nicht wieder abgestellt hat.

Paulette kommt zurück und mustert ihn mit unverhohlener Neugier. Erstaunlich, wie viel Pilzomelette man auf einen einzigen Teller häufen kann. Marcel wird so kurz nach dem Aufstehen von Eiergeruch übel.

»Wir treffen uns um 17 Uhr am Fuße der kleinen Treppe beim Hoteleingang. Ich habe einen blauen Peugeot.«

»Ich kann nicht mitkommen.«

»Warum denn nicht?«

Sie starrt auf das Marmeladenetikett.

»Wird Ihnen im Auto schlecht?«

»Nein, aber wir kennen uns doch kaum.«

»Wir haben über den Himmel und unsere Kinder gesprochen, reicht das etwa nicht, Madame?«

Paulette verschluckt sich an einem Pfifferling.

»Monsieur, nennen Sie mich bitte nicht Madame, ich heiße Maguy … Marguerite … Wie Sie wollen.«

»Marguerite gefällt mir besser. Aber ich bitte Sie, stellen Sie die Marmelade doch endlich wieder hin, sie wird schon nicht wegfliegen!«

»Wie heißen Sie überhaupt?«

»Ich trage leider keinen Blumennamen.«

»Haben Männer überhaupt Blumennamen?«

»Narziss!«, tönt Paulette beglückt.

Höflich stimmen sie ihr zu.

»Ich heiße Marcel … und nun, wo wir uns in aller Form vorgestellt haben: Nehmen Sie meine Einladung an?«

»Ich brauche noch ein wenig Zeit.«

»Ich hole mir solange eine Scheibe Roggenbrot vom Büfett.«

Er steht vor dem Toaster und beobachtet die beiden Frauen am Tisch. Marguerite betrachtet die Berge in der Ferne, steht auf, hüllt sich in ihre Stola, verabschiedet sich mit einem angedeuteten Kopfnicken von Paulette und geht über die wenigen Stufen vom Speisesaal auf die Veranda.

»Also, mir würde es ja nichts ausmachen, mich um 17 Uhr mit jemandem am Fuß der Treppe zu treffen«, schmettert Paulette in der Lautstärke eines Operntenors. »Sagen Sie zu?«

17

Nach fünfundfünfzig Jahren eines Lebens, in dem sich sämtliche Noten wie in einer Partitur von Chopin aneinanderreihten, war sie erstaunt, als sie sich selbst sagen hörte: »Warum nicht.« Sie hat nicht fertig gefrühstückt, weil sie es beunruhigend fand, dass sie ein Sandkorn in ihr Leben gelassen hatte, das sonst perfekt lief wie ein Schweizer Uhrwerk.

17 Uhr. In Wildlederschuhen, Leinenhose und – wie auch schon am Vortag – mit mehreren Pullovern übereinander erwartet er sie vor einem Wagen, der anders war als die Autos, die sie gewöhnt war.

Henri hatte stets tadellose graue Flanellanzüge und von Maria gebügelte weiße Popelinhemden getragen.

Paulette steht auf der dritten Treppenstufe. Sie betrachtet die Blumen in der großen Steinvase.

»Wenn noch Platz ist, würde ich wohl auch mitfahren.«

Marguerite stammelt: »Es tut mir leid, aber ich bin nicht die Fahrerin. Und ich kann ihn nicht fragen, ich kenne ihn doch kaum.«

»Ich an Ihrer Stelle würde mich nicht zu einem wildfremden Mann ins Auto setzen. Seien Sie bloß vorsichtig, Männer verwandeln sich manchmal in wilde Tiere.«

Sie überlässt Paulette ihren Sorgen und geht zu Marcel.

»Schön, Sie zu sehen … Wir haben Glück, das Wetter ist ganz wunderbar«, stammelt er.

»Nicht wie letzte Woche«, entgegnet sie zaghaft.

»Ich brauche noch ein paar Minuten. Ich muss im Auto noch ein wenig räumen.«

Murmelnd legt er einen Rucksack in den Kofferraum, Marguerite gefallen seine ungelenken Handgriffe. Henri hat sie nie überrascht. Sie empfindet Zuneigung zu diesem Mann, der unsicher ist und sich dennoch etwas traut.

»So, Sie können jetzt einsteigen.«

Er öffnet ihr die Autotür und schließt sie wieder. Vor dem Losfahren sieht er sie einen Augenblick lang an, und dann, als erwarte er ihren Segen, fragt er: »Wollen wir?«

Anhaltende Stille während der ersten Viertelstunde, sie fühlen sich wie halbwüchsige Ausreißer, die etwas Verbotenes unternehmen. Was Frédéric wohl sagen würde, wenn er sie mit einem Unbekannten in einem zerbeulten blauen Peugeot auf einer Bergstraße sähe? Dieser Mann macht sie neugierig, und das verwirrt sie. Man muss den Tatsachen ins Auge schauen: Er hat sie bezirzt. Seine übereinandergezogenen Pullover, die Tollpatschigkeit und das verrückte Lachen auf der Terrasse.

Sie sitzt kerzengerade und klammert sich an die Handtasche auf den Knien. Er ist da, ganz nah neben ihr, konzentriert sich auf die Straße, seine großen, knotigen

Hände umfassen das Lenkrad. Sie beobachtet, wie sich die Muskeln an seinem Unterarm anspannen, wenn er den Gang wechselt. Sie lässt sich in ihren Sitz sinken.

Er wählt eine CD aus. Akkordeon, Banjo und Mandoline vermischen sich mit tiefen Stimmen und erfüllen den Peugeot.

»Das ist schön«, sagt sie.

»Bei Chaâbi-Musik vergisst man einfach alles. Sie ist die Melodie meiner Kindheit, wurde damals wirklich überall gespielt: auf den Straßen, beim Friseur, im Café. Dort unten schwärmen alle für diese bekannten Klänge. Mit ›dort unten‹ meine ich meine Heimat: Algerien.«

Ein Mann aus einem geheimnisvollen fremden Land führt sie an einen Ort, den nur er allein kennt, sie ist hingerissen. Ihr ist, als würde sie in einem Versteck eine Leckerei verspeisen.

Nach endlosen Kurven hält er auf einem kleinen Parkplatz, öffnet die Tür und hilft ihr aus dem Auto. Sie ergreift seine Hand. Seine Haut ist warm und ganz leicht behaart, sie gerät ins Wanken, stützt sich auf seinen starken Arm und hakt sich auf dem steinigen Weg bei ihm unter.

Am Ende des Weges erwartet sie eine atemberaubende Aussicht. Die weiße Sonne hat sich scharlachrot verfärbt und krönt die unbeweglichen Berge. Verschneite Gipfel ragen wie Damen mit Schlapphüten majestätisch in den Himmel. Vor ihnen liegt wie ein wertvoller Stein in einem Schmuckkästchen ein saphirfarbener See. Auf der kristallklaren Oberfläche spiegeln sich der Himmel und die vorbeiziehenden Wolken. Und am Ufer steht eine große

Holzbank, als würde sie nur auf sie warten. Eine Amsel sitzt auf einem Schild mit der Aufschrift *Schwimmen verboten* und beobachtet sie. Alles ist friedlich an diesem Aprilabend.

Niemand hat ihr bisher einen solch perfekten Augenblick beschert. Völlige Harmonie, milde Luft, eine Stille, die sie als angenehm empfindet. Sie wusste gar nicht, dass solch einfache Dinge derart glücklich machen können.

Er holt eine Thermoskanne, zwei Tassen, getrocknete Aprikosen und Löffelbiskuits aus seinem Rucksack.

»Ich habe in der Küche einige Leckereien organisiert. Möchten Sie einen Kaffee?«

Sie trinkt nur Tee und – nach 17 Uhr – keinen schwarzen Tee mehr. Wenn sie nun Ja sagt, wird sie nicht schlafen können. Aber an diesem Abend zählt nur eins: die Erinnerung.

»Mit zwei Stücken Zucker, bitte.«

Er wühlt in seinem Rucksack.

»Wie ärgerlich! Zucker habe ich vergessen. Milch?«

»Nein danke.«

Es ist schön, auf diese Art von den Vorlieben des anderen zu erfahren und zu wissen, mit wie vielen Stückchen Zucker er seinen Kaffee trinkt. Eher schwarzer Tee oder Kräutertee, stark oder entkoffeiniert, Ferien am Meer oder in den Bergen, Saint-Malo oder Bagnères-de-Bigorre? Man spricht über dies und das, kommt vom Hölzchen aufs Stöckchen, die Unterhaltung fließt dahin, wird immer gelöster.

»Darf ich ein Foto von Ihnen machen?«, fragt er.

Sie weiß nicht, warum, aber in dieser idyllischen Landschaft gefällt ihr die Frage dieses Mannes.

»Wir sind ja eigentlich nicht im Urlaub, sondern zur Kur und müssen Heilbäder absitzen.«

»Und mehr nicht?«

Seine weiße Mähne, der große Körper, die knorrigen Hände. Sie murmelt: »Vielleicht doch, ich bin mir nicht mehr sicher.«

»Ich habe mich in diesen Wickeln gestern wie ein Häftling gefühlt. Furchtbar. Ich bin lieber an der frischen Luft.«

»Mit meinem Mann habe ich immer die Loire-Schlösser besichtigt.«

Einmal hatte sie bei Henri den Anflug eines Lächelns entdeckt, die Augen hatte er zusammengekniffen. »Sie sehen glücklich aus.« – »Die Sonne blendet mich.« Diese Antwort hatte sich in ihr Gedächtnis eingebrannt.

»Hier fühle ich mich weniger eingesperrt. Kennen Sie die Loire?«

»Meine Frau und ich waren im Scrabble-Verein und sind in den Ferien immer durch Frankreich gereist …«

Eine Wolke in dem blauen Himmel, denkt Marguerite. Paulette hatte recht.

»Mag Ihre Frau keine Thermalkuren?«

»Das kann man so nicht sagen …«

»Entschuldigen Sie, ich wollte nicht …«

»Sie ist vor elf Monaten in Nizza ertrunken.«

Die Amsel setzt sich ans Seeufer, hüpft ein wenig in Richtung See, zögert und fliegt wieder davon.

»Das Leben verläuft nicht immer so, wie man es sich vorgestellt hat«, erwidert sie sanft.

»Am erstaunlichsten finde ich, dass ich nun mit Ihnen auf dieser Bank sitze.«

Vor ihnen liegen die Berge in ihrer ganzen Herrlichkeit, irgendwo läutet eine Glocke.

»Das nennt man eine Verkettung von Umständen.«

»Das ist Schicksal ... *Mektoub*, wie man bei uns sagt.«

»Die Dunkelheit bricht herein, wir müssen zurück.«

Sie verlassen die Landschaft, die sie in diesem einzigartigen Augenblick wohlmeinend umhüllt. Und wieder Stille, eine, die sie nicht kennen, aber diesmal ein wenig unangenehm. Sie will nicht mehr, dass er ihren Arm nimmt, sie wünscht sich fort, ihr ist das alles zu viel.

»Ich habe vergessen, dass ich mit meinem Sohn zum Telefonieren verabredet war.«

»Sagen Sie ihm einfach, dass eine Meditationssitzung angeboten wurde.«

»Sonst bekomme ich Ärger.«

»Müssen Sie dann ohne Nachtisch ins Bett?«

Sie brechen in Gelächter aus, und ihnen ist wieder viel leichter ums Herz. Im Osten geht der Mond am immer dunkler werdenden Sternenhimmel auf.

Er flüstert: »*Da doch die Nacht für den Schlaf bestimmt ist, wo das Nachdenken aufhört, wo man ruhen soll und alles vergessen! Warum hatte er sie reizender gemacht als den Tag? Süßer als das Morgenrot und den Abend ... Wem war dieses Wunderschauspiel bestimmt? Dieser Überfluß an Poesie, die der Himmel auf die Erde senkte?*«

»Mögen Sie Sternenhimmel tatsächlich so sehr?«

»Ich mag Maupassant sehr, Sternenhimmel seit dem

Unfall weniger. Heute gefällt mir der Anblick zum ersten Mal wieder. Ich habe den Eindruck, dass Orion uns beobachtet.«

»Orion?«

»Da ist er, immer am selben Ort, nordöstlich von Sirius und in einem 45-Grad-Winkel zu Castor und Pollux.«

Marguerite setzt sich ins Auto und denkt immerzu daran, dass er allein lebt, genau wie sie.

18

Die Koffer stehen in der Eingangshalle. Sie nimmt den Shuttlebus zum Bahnhof in Tarbes, er macht sich allein auf den Heimweg. Paulette verteilt Visitenkarten mit altmodischer Schrift und versichert jedem, der es hören möchte, dass man sich bald wiedersehen werde. Alle nicken, niemand glaubt daran. Der ganze Körper schmerzt Marcel bei dem Gedanken an einen Abschied von Marguerite. Er fragt: »Was machen Sie, wenn Sie wieder zu Hause sind?«

»Crêpes mit meinem Enkel. Und Sie?«

»Ich fahre gleich weiter nach Collioure.«

Auf ihrer Insel inmitten des allgemeinen Stimmgewirrs spricht er weiter: »Hätten Sie Lust, mich zu begleiten?«

Marguerite ist sprachlos, entfernt eine Nadel aus ihrem Haarknoten und steckt sie langsam wieder hinein, zieht ihren Mantel enger um sich.

»Ich wollte nicht aufdringlich sein.«

»Dürfte ich mir Ihr Telefon borgen?«

Sie nimmt ihr Adressbuch aus der Tasche, sucht nach der Nummer und drückt energisch auf die Tasten.

»Hallo, mein Liebling.«

»Maman, bist du das?«

»Sie haben den Lautsprecher eingeschaltet«, sagt Marcel.

Sie dreht sich zu ihm.

»Mein Sohn sagt, die Strahlung sei schädlich fürs Gehirn.«

»Maman! Woher rufst du mich an?«

»Vom Handy eines Freundes.«

»Eines Freundes?!«

»Ich komme erst in ein paar Tagen zurück. Er wird mich nach Hause bringen.«

»Wie bitte? Ich habe nicht ganz verstanden.«

»Ich habe dir schon einmal gesagt, dass du zum Ohrenarzt gehen sollst, aber du hörst ja nicht auf deine Mutter. Ich werde mit einem Freund noch für ein paar Tage nach Collioure fahren.«

»Wer ist dieser Freund?«

»Keine Sorge, ein ganz wunderbarer Mensch.«

»Und ihr fahrt zu zweit? Bist du sicher, dass er vertrauenswürdig ist? Was hat er für ein Auto?«

»Ein blaues.«

»Was soll das heißen, ein blaues? Und wie erkläre ich das Ludovic? Vergiss nicht, dass du Großmutter bist!«

»Ja, du hast ganz recht, mein Schatz, ich sollte Marmelade einkochen und einen Schal als Weihnachtsgeschenk stricken. Gib meinem Enkel einen Kuss von mir und frag Maria, ob sie bis Mittwoch bleiben kann.«

»Ich kümmere mich um die Angelegenheit mit Maria. Und denk an den Sicherheitsgurt.«

Marguerite lächelt, sie hat erst »Keuschheitsgürtel« verstanden.

Da war aber jemand ganz und gar nicht begeistert. Manou hat nur gesagt: »Du klingst fröhlich! Mach keinen Unsinn, pass auf dich auf und denk dran, dass du vernünftig isst.« Hastig brechen sie auf. Paulette hält kurz in ihrer Abschiedstour inne und blickt ihnen nachdenklich hinterher. Die Retrospektive über den Meeresforscher und Filmemacher Cousteau im Radio kommt wie gerufen.

Marcel lässt die Rezeptionistin des Hotels neben dem Hafen gar nicht erst zu Wort kommen: »Wir hätten gerne zwei Zimmer.«

Marguerite betrachtet die Grünpflanze auf der Theke, er stammelt: »Das ist vernünftiger.«

Nach kurzer Zeit sind sie wieder in der Eingangshalle und suchen – wie wohl alle Paare auf dieser Welt, die an einem unbekannten Ort ankommen – die Touristeninformation. Auf der Karte sind Wege abgebildet, denen sie folgen könnten. Schnell verlieren sie das Interesse. Sie schlendern lieber ziellos durch die Gassen, lassen sich einfach treiben. Sie entdecken Galerien, den Havre de Paix mit seinen Skulpturen und die versteckten Keller der Töpfer.

Sie halten bei einem Atelier d'Anchois an und bewundern die geschickten Hände der Arbeiter, die die kleinen blauen Sardellen ganz traditionell einsalzen.

»Normalerweise bringe ich meinem Sohn einen gerahmten Kunstdruck vom Schloss Azay-le-Rideau mit, einen Schlossführer von Chenonceau oder eine Gedenkmünze vom Schloss Blois, aber heute kaufe ich ihm Olivenpaste und in Essig eingelegte Fischfilets.«

Als sie zahlt, sieht Marcel in ihrem Portemonnaie das Foto eines alten Herren mit Krawatte und ernstem Blick.

Sie gehen bis zum Leuchtturm am Ende des Piers. Als die Dämmerung hereinbricht, leuchten die Hügel ockerfarben und rötlich. Wie auf einer Postkarte.

»Ich muss Ihnen etwas gestehen. Ich schaue mir gerade zum ersten Mal mit einem Mann das Meer an.«

Abrupt nimmt Marcel seine Brille ab und beschließt, ihr hier auf dem Pier vom Scrabble-Spiel und der Tragödie am Strand von Nizza zu erzählen.

Marguerite legt ihre Hand auf seine.

»Das tut mir leid.«

»Nein, ich muss mich entschuldigen. Man schiebt diese ernsten Gespräche immer auf, aber das sollte man nicht tun.«

Die kleine knittrige und die große knorrige Hand bleiben noch einen Augenblick ineinander verschränkt.

Der Hotelchef empfiehlt ihnen ein Restaurant im Ort, das katalanische Spezialitäten anbietet. Sie lassen das Meer hinter sich, eine gute Entscheidung nach diesem Gespräch.

»Was hätten Sie gerne?«

»Ich weiß nicht mehr so genau, was ich eigentlich mag.«

Auf dem Nachbartisch steht ein Teller mit Sardinen. Marcel erinnert sich ... Sie hatten mit einem Biologielehrer einen Angelausflug ans Mittelmeer gemacht. Als er den Angelhaken aus einem der Fische entfernte, schrie Nora: »Wie kannst du nur? Siehst du nicht, wie er sich quält?« Sie warf sämtliche Fische, die er gefangen hatte, wieder ins Wasser. Marcel hatte nichts gesagt und auf dem Rückweg zum ersten Mal ihre Hand genommen.

Er bestellt Gambas à la Plancha, gegrillte Muscheln, Kabeljau-Tatar und eine Flasche Banyuls, da wird sicherlich auch etwas für sie dabei sein.

Er schenkt zwei Gläser ein und hebt seins mit einem breiten Lächeln.

»Auf Wickel mit grüner Tonerde.«

Auch Marguerite nimmt ihr Glas, sie ist verschüchtert. Hitze steigt ihr in die Wangen, und sie erwidert ganz sanft: »Auf das Leben und seine schönen Überraschungen.«

Sie nimmt ein Stück Brot, legt es wieder hin, trinkt einen Schluck und betrachtet das Schwarz-Weiß-Bild von Collioure: elegante Spaziergänger Anfang des zwanzigsten Jahrhunderts mit Strohhut auf dem Kopf oder Sonnenschirm in der Hand.

»Der Holzschnitt hinter Ihnen gefällt mir.«

Marcel dreht sich um.

»Meine Ehe mit Henri war nicht das, was ich mir in meiner Jugend erträumt hatte.«

Als sie das Restaurant verlassen, schreckt Marguerite zusammen.

»Was ist los?«

»Ich habe einen Kollegen meines Mannes gesehen.«

Marcel richtet sich auf, breitet seine langen Arme aus und sagt lachend: »Sie können sich hinter mir verstecken.«

»Ich kenne den, wenn er mich mit Ihnen sieht, weiß das innerhalb von drei Tagen ganz Maisons-Laffitte.«

Sie wirkt wie ein kleines Mädchen, das bei einer Dummheit ertappt wurde. Marcel ist gerührt. Und dann küsst er sie zum ersten Mal. An einem Mittwoch im April, in Collioure, an der Côte Vermeille.

Ihre Lippen liegen aufeinander, sie stehen unbeweglich da, atmen den Atem des anderen mit einem einzigen, gleichzeitigen Luftholen ein, dann seufzen sie auf. Ein befreiendes und hingebungsvolles Seufzen.

»Guten Tag, Madame Delorme.«

»Notar Damoiseau ...«

»Ich habe Sie erst gar nicht erkannt.«

Schweigen.

»Schöne Ferien, Madame Delorme, bestellen Sie Frédéric schöne Grüße von mir.«

19

Die drei Tage sind wie im Flug vergangen. Marguerite sitzt auf ihrem Sofa aus Samt und murmelt: »Ich muss geträumt haben.«

Die elfenbeinfarbenen Wände, der Orientteppich und Henris leerer Sessel lassen die Liegestühle, den See und Marcels tiefe Stimme wie einen Traum erscheinen. Er hat sie bis vor die Tür gebracht und nur gesagt: »Schon komisch, dass wir so nah beieinander wohnen. Ich würde Sie gerne wiedersehen.« Aus Freundschaft oder Liebe? Sie weiß es nicht. Vielleicht sollte sie einmal Docteur Dubois anrufen? Ich habe mich sehr gut um mich selbst gekümmert, die Algen waren fabelhaft, ein Mann hat mich geküsst. Sie schließt die Augen, um das Gefühl ihrer miteinander verschränkten Hände heraufzubeschwören, die Berührung und seinen sanften Kuss. Die Augen in seinem faltigen Gesicht strahlen eine Verletzlichkeit aus, die sie ergreift.

»Eine solche Chance lassen wir uns nicht entgehen.« Das Motto ihres Vaters kommt wie ein Bumerang zu ihr zurück. Wenn sie in den Shuttlebus gestiegen wäre, hätte sie sich die Gelegenheit entgehen lassen. Er hatte zwei

Zimmer gebucht, vor den grünen Blättern des Ficus hatte sie Erleichterung und auch einen Hauch von Enttäuschung verspürt. All dies unterschied sich so stark von ihrem vorherigen Leben und den feinen Kreisen, zu denen sie nie so recht Zugang gefunden hatte. Und dann ihre Beichte. Die Worte waren seit Jahren da gewesen, aber sie hatte sie nie ausgesprochen. Nur diesem Unbekannten vertraute sie sich an, diesem Unbekannten, der ihre Hand nahm, die auf einem blau-weiß karierten Tischtuch lag, und sie nicht mehr losließ. Das Leben kann bisweilen zauberhaft und zart sein, auch das hatte sie zuvor nicht gewusst.

Sie erinnert sich an den ersten Kuss mit Henri während ihrer Hochzeitsreise in Villandry. Ihr war damals zum Sterben langweilig. Prunkvolle Salons, Tapeten aus Toile-de-Jouy; der Höhepunkt der Reise war das Nachstellen eines Ritterturniers mit Rüstungen und Wappen. Halbe Sachen waren ihm ein Graus, das Zimmer war großzügig und bot Aussicht auf schnurgerade Alleen, tadellos angeordnete Rosenstöcke, ordentlich mit der Schere zurechtgestutzte Heckenkirschen und zu Figuren getrimmte Buchsbäume. Alles perfekt und vorhersehbar, wie er selbst.

Bevor er seine Hose auf den Stuhl legte, strich er die Bügelfalte glatt, dann schaltete er das Licht aus. Was zwischen den weißen Laken geschah, war nur dem Namen nach ein Liebesspiel und hatte nicht im Entferntesten etwas mit den Fantasien gemein, die Hélène ihr auf der Reise nach Rom anvertraut hatte. Meilenweit entfernt von Emma Bovary, denn: *Sie entkleidete sich ohne jede Zurückhaltung und riß mit gewaltsamen Bewegungen am dünnen Bendel ihres Mieders, der wie eine Natter um ihre Hüften zischte.* Das Zimmermädchen, das ihnen ihr Frühstück brachte, hatte den Neuvermählten wissend zugezwinkert, Henri verzog keine Miene. Zu Beginn ihrer Ehe suchte er sie zwei Mal pro Monat in ihrem Bett auf. Später ein Mal. Und noch später kam er gar nicht mehr, als hätte er vergessen, sich die ehelichen Pflichten in seinem Kalender zu notieren. Er erledigte die Angelegenheit verstohlen, fast schon schuldbewusst, fand nichts an ihrem Duft oder ihrer samtigen Haut. Er hatte sie nie wieder so angesehen wie an ihrem allerersten Abend, sie hatten nie wieder miteinander getanzt. Selbst das violette Einstecktuch war verschwunden. Marguerite hatte verstanden, dass sie mit ihm niemals aus vollem Herzen lachen würde, und sich gefragt, ob eine andere Frau an ihrer Stelle sich einen Liebhaber nehmen würde.

Ihr Blick fällt auf einen Umschlag auf dem Beistelltisch. Er ist an sie adressiert.

Madame Delorme,
wenn Sie diesen Brief in der Hand halten, arbeite ich nicht mehr für Sie. Ihr Sohn hat mich von jetzt auf gleich gebeten, das Haus zu verlassen. Ich bin ganz durch den Wind. Nach dreißig Jahren treuer, guter Dienste hänge ich meine Schürze an den Nagel. Ich habe die Kleider wieder an ihren Platz im Schrank zurückgelegt. Ich habe Apfelgelee gemacht, es steht

auf dem Regal in der Waschküche. Ich werde an Sie denken, wenn ich nächsten Mittwoch die zweite Sonate von Chopin höre.
Ihre treu ergebene Maria.

Ihre Hände umklammern den Brief, fassungslos liest sie ihn ein zweites Mal, legt ihn wieder auf den Beistelltisch, öffnet ihren Koffer, nimmt die Flasche Banyuls und die Dose mit den Anchovis heraus und fragt so laut, dass es im ganzen Haus widerhallt: »Wie konnte er bloß?«

Sie gießt sich ein halbes Glas Wein ein, stürzt es in einem Zug herunter und möchte sich gerade ein zweites genehmigen, als es an der Tür klingelt.

Das wird er sein! Er wird mit ihr bis ans Ende der Welt fahren, ein unbekanntes Land entdecken, im Urwald auf verloren geglaubte Stämme treffen. Das passt hervorragend, sie hat ihren Koffer noch nicht ausgepackt. Ein kurzer Blick in den Spiegel im Flur, dann öffnet sie die Tür, sie ist zu allem bereit.

»Papa hat mich vorbeigeschickt, er kommt gleich nach.«

Ludovic, rotwangig und atemlos, umarmt sie, er geht in den Salon, wirft sich auf das große Sofa und baut sich wie immer eine Höhle aus Kissen.

»Er sagt, die Berge haben dich ein bisschen verrückt gemacht.«

»Verrückt? Wieso das denn?«

»Na ja, du hast wohl Dummheiten angestellt, die man in deinem Alter besser bleiben lässt.«

»Hör zu, Ludo, ich verrate dir ein Geheimnis. Du

sprichst doch immer von der kleinen Émilie, mit der du zum Turnen gehst. Und ich, nun, ich habe einen Herrn kennengelernt.«

»Beim Turnen?«

»Nein, auf einem Liegestuhl.«

»Deine Augen leuchten.«

»Wollen wir Krapfen machen?«

Aber Ludovic lässt sich nicht ablenken.

»Hast du ihn geküsst, so, wie Verliebte das machen?«

»Hast du Émilie denn geküsst?«

»Ich habe Angst, dass sie nicht will. Sie hat mir mal gesagt, sie findet mich zu dick, als ich die Strickleiter nicht hochgekommen bin.«

»Das macht nichts, mein Schätzchen. Du wirst irgendwann die Leiter hochkommen und Émilie unter dem Vordach einen Kuss geben.«

»Nun sag schon: Wenn man alt ist, küsst man sich dann noch?«

»Ja.«

»Und du? Bist du wirklich alt, in echt?«

Die Eingangstür fällt ins Schloss.

»Psst. Die Liebesgeschichten bleiben unser Geheimnis.«

Ludovic zwinkert seiner Großmutter zu und versteckt sich unter den Kissen. Marguerite geht mit ihrem Sohn in die Küche und bittet ihn, Platz zu nehmen.

»Ich habe einen Brief von Maria gefunden, was ist passiert?«

»Sie hat sich verhalten, als gehörte ihr das Haus. Ich habe dann auch gleich eine Überwachungskamera im Eingangsbereich installieren lassen, und auch, wenn du das nicht als notwendig erachtest, es wertet das Haus auf. Die Alarmanlage kommt nächste Woche.«

»Ich wohne hier und kann noch immer meine eigenen Entscheidungen treffen.«

Frédéric ist sprachlos.

»Ich habe dich noch nie in diesem Ton reden hören.«

»Du wirst dich daran gewöhnen müssen. Ich bin achtundsiebzig Jahre alt, vergiss das nicht.«

»Genau das ist das Problem.«

Frédéric blickt auf den Tisch.

»Du trinkst um fünf Uhr nachmittags Wein?«

»Ich habe dir in Essig eingelegte Anchovis mitgebracht, aber ich weiß nicht, ob das der richtige Augenblick für Geschenke ist.«

»Selbst Carole fand es äußerst leichtsinnig, dass du nichts von dir hast hören lassen. Wenn ich daran denke, was alles hätte passieren können. Immer mehr Senioren verschwinden. Vier pro Tag! Ich habe im Fernsehen eine Reportage darüber gesehen.«

»Mir ist ja auch etwas passiert.«

»Mit deinen Knien?«

»Nein, nicht mit meinen Knien. Du verstehst wirklich gar nichts. Mit meinem Herzen.«

»Wie? Mit dem Herzen?«

»Es schlägt wie wild.«

»Wenn du Herzrhythmusstörungen hast, müssen wir dir so schnell wie möglich einen Termin beim Kardiologen machen.«

»Warst du schon einmal in Collioure? Wunderschön und in der Aprilsonne besonders zauberhaft.«

»Collioure interessiert mich nicht. Du musst Docteur Dubois anrufen, damit er dir einen fähigen Spezialisten empfehlen kann.«

»Ich brauche keinen Arzt. Ich muss wie Gene Kelly im Regen tanzen.«

Sie lehnt mit dem Rücken an der Spülmaschine und denkt an ihren kleinen Schatz, der sich ihr in die Arme geworfen hatte, wenn er aus dem Internat kam. Was ist nur aus ihm geworden?

Frédéric sehnt sich seinen Vater zurück, damit er diese absurde Situation in den Griff bekommt. Aber zu dessen Lebzeiten wäre ohnehin alles beim Alten geblieben.

»Du bist doch nicht du selbst. Dieser Mann wickelt dich um den Finger, er spielt Kurgast und macht sich dann an alte Frauen heran, du wirst schon sehen, er hat es einzig und allein auf dein Tafelsilber abgesehen. Ich verbiete dir, diesen Herrn wiederzusehen.«

»Dieser Herr heißt Marcel, Marcel Guedj.«

»Guedj?«

Frédéric runzelt die Stirn. Diesen Namen hat er schon einmal gehört, aber er weiß nicht mehr genau, in welchem Zusammenhang.

»Sprich nicht mit mir wie mit einem Kind. Ich bin nicht mehr fünfzehn.«

»Meine Rede.«

»Das hier ist mein Leben. Die Zeit, die mir noch bleibt, nutze ich, wie ich möchte. Ich habe manchmal den Eindruck, als hätte ich in meinem Leben das Wesentliche versäumt. Ich will dir ein Geheimnis verraten: Mich hat noch nie ein Mann so glücklich gemacht.«

»Du bist doch nicht mehr ganz richtig im Kopf.«

»Doch, doch. Ich habe den Kopf in den Wolken.«

»Genau das denke ich auch.«

Er verlässt die Küche. Einige Augenblicke später hört sie Ludovic weinen, dann wird die Tür geschlossen. Sie ist allein mit dem Banyuls, dem Wein der Geständnisse. Aber was ist, wenn das alles nur eine zauberhafte Auszeit war, eine kostbare, zu schnell geschmolzene Praline, eine Fata Morgana? Drei Tage in Collioure, die sich in Luft auflösen.

Sie hat diesen Mann am anderen Ende Frankreichs kennengelernt, und sie leben nur wenige Kilometer voneinander entfernt. Schicksal? *Mektoub*, wie man bei ihm sagt. Sie schenkt sich noch ein Glas ein.

»Auf die Verkettung der Umstände.«

Henri vor Schloss Amboise schaut sie ernst vom Teeregal an. Sie lässt den Koffer im Flur stehen – das Glas Banyuls ist halb leer, Marias Brief liegt auf dem Beistelltisch – und wählt die Nummer, die er eilig auf die Verpackung der Anchovis gekritzelt hat. Der Anrufbeantworter geht an: »Sie haben Marcels und Noras Nummer gewählt, wir sind gerade nicht da.«

Sie hält kurz inne und sagt dann mit bebender Stimme: »Ich wollte mich bei Ihnen bedanken.«

20

Er weiß genau, wo die Handtasche liegt, die sie nach Nizza mitgenommen hatte. Alles andere hat er weggegeben, nur diese Tasche nicht. Seine Tochter darf sie nicht anrühren, das hat er ausdrücklich verboten. Er legt sie immer wieder an denselben Ort. Links, in das dritte Schrankfach, neben den blau-roten Badeanzug. Er verharrt einen Augenblick, aber wenn er so unentschlossen ist wie heute, kann er der Versuchung nicht widerstehen. Er öffnet die Schranktür, nimmt behutsam die Tasche heraus, presst sie an sich, legt sie auf den Tisch, streichelt mit den großen Händen über den Bast, lässt den Metallverschluss leise zuschnappen und breitet den Inhalt vor sich aus. Immer in derselben Reihenfolge. Zuerst die Parfumflasche. Er widersteht der Versuchung, sich die letzten Tropfen aufs Handgelenk zu sprühen. Den Lippenstift. Er dreht ihn heraus und malt sich einen Strich in »Rosenholz« auf die Hand. Im Kalender ist für den 9. Juni um 17 Uhr ein Zahnarzttermin eingetragen. Verpasst, wegen eines Bads im Meer ohne Wiederkehr. Eine Zeitschrift mit halb ausgefülltem Kreuzworträtsel. Ihre Handschrift in den kleinen Quadraten wühlt ihn auf. Im Portemonnaie drei Fünfzig-Cent-Münzen, zwei

Zwanzig-Cent-Münzen und eine alte Kinokarte für die Vorstellung um 21.30 Uhr. Ein verblasstes Foto: Sie pustet elf Kerzen auf ihrem Geburtstagskuchen aus, und er applaudiert neben ihr. Und in der Innentasche ihr Personalausweis und die Wohnungsschlüssel. Er küsst die Lippenstifthülse und flüstert: »Verzeih mir.«

Er stellt das Radio an, um die Krake loszuwerden, die ihm die Kehle zuschnürt. Marguerite hat etwas wieder auflodern lassen, ein Licht durchdringt die Dunkelheit, sein Herz und sein Körper werden zu neuem Leben erweckt. Er denkt an die vielen Menschen, die noch einmal von vorne anfangen. Aber diese Frau, die er durch Zufall kennengelernt hat, kennt weder Algerien noch sein Dorf. Nora kannte jedes Detail ihres gemeinsamen Lebens auswendig. Sie verband eine Kinderliebe, einzigartig, unersetzbar. Das verblasste Bild von einem Geburtstagskuchen. Man sollte nicht alt werden. »Sie ist zu früh von uns gegangen«, diese Binsenweisheit überwältigt ihn. Was aber würde sie tun, wenn das Schicksal die Rollen vertauscht und ihn aus dem Leben gerissen hätte?

Er zieht seinen Mantel an, schlägt die Wohnungstür zu, läuft die Treppe herunter und hastet so schnell wie möglich zum Marktplatz. Er setzt sich hinten im Café ans Fenster, beobachtet Autos, die in zweiter Reihe parken, und die in die Luft gereckten Köpfe der Eltern, die nach ihren Kindern Ausschau halten. 16 Uhr. Und da ist sie. Er ist gerührt, als er sie inmitten ihrer Schüler sieht. Sie begrüßt die Eltern, knöpft einem kleinen Mädchen den Mantel zu, umarmt eine Kollegin. Vielleicht ist das

Françoise, von der sie häufig erzählt. Sie überquert die Straße, erblickt ihren Vater hinter der Scheibe und öffnet schwungvoll die Tür des Bistros.

»Hallo, mein Schatz! Hast du Zeit für einen Kaffee?«

»Natürlich, mein Vater holt mich schließlich nicht jeden Tag von der Schule ab.«

»Doch, ich war immer da.«

»Ja, vor fünfunddreißig Jahren. Aber du nimmst mich nicht mehr auf die Schultern und spielst Pferdchen.«

»Du hast mir immer in die Nieren getreten, damit ich schneller galoppiere ...«

»Vor einem Jahr hätte ich dich gebraucht ... Ich wollte nicht, dass du mich auf die Schultern nimmst, sondern in den Arm.«

Manou zieht ihre Jacke aus, stellt ihre Büchertasche auf einen Stuhl, setzt sich ihrem Vater gegenüber und blickt ihm in die Augen.

»Ich schenke dir eine Kur, und du löst dich in Luft auf. Ich hatte Angst, dass dir etwas zugestoßen ist. Du bist kein junger Mann mehr. Ist doch kein Wunder, dass ich mir Sorgen mache, oder?«

Immer wieder erschrickt Marcel. Die weiblichen Rundungen, die schwarzen Haare und diese raue Stimme. All das erinnert ihn an Nora.

»Wo warst du denn bloß in den drei Tagen?«

»In Collioure.«

»Aber du bist doch seitdem nie wieder ans Meer gefahren.«

»Dort unten war es etwas anderes.«

»Da hast du aber Glück, ich kann nicht mehr näher

als fünfzig Kilometer ans Mittelmeer heran. Es geht einfach nicht.«

»Ich habe sie nicht gerettet.«

»Aber, Papa, du warst doch auch gar nicht am Strand.«

»Ich hätte aber bei ihr sein müssen, anstatt ein Wort mit fünfzig Punkten zu suchen.«

Manou betrachtet das zerfurchte Gesicht, das schlohweiße Haar, die blauen Adern auf den Händen. Ihr Vater ist wieder kurz davor, im Kummer zu versinken, den sie so gut kennt, aber nie mit ihm geteilt hat.

»Es war einfach ein Unfall.«

»Ich wäre gerne an ihrer Stelle gestorben. Du brauchst deine Mutter, und vor allem bin ich nicht gerne der, der übrig bleibt.«

Manou sieht zu den großen Linden am Straßenrand und flüstert:

»Ich vermisse sie auch.«

So viel, das unausgesprochen zwischen einem Vater und seiner Tochter steht. Vor einigen Monaten war sie vor ihrer Klasse mitten in einem Diktat in Tränen ausgebrochen und aus dem Raum gelaufen. Als sie wieder hereinkam, hatte sie gestammelt, dass das Leben manchmal schwierig sei. Sie traute sich nicht, ihren Schülern die Wahrheit zu sagen, dass sie der Verlust ihrer Mutter so sehr überwältigte. Am nächsten Tag lag ein Bild mit einer großen roten Sonne auf ihrem Tisch.

»Maman hatte auch Glück. Sie ist gestorben, als sie noch schön und gesund war. Sie hat sich das Altern erspart, das müssen wir uns vor Augen halten.«

Marcel senkt den Kopf.

»Ich konnte mich nicht verabschieden.«

Diesen Satz hat sie schon oft gehört, immer den gleichen. Sonst nichts. Manou rührt mit dem Löffel in ihrer leeren Tasse. Ein paar Wochen vor dem Drama in Nizza hatten Nora und sie sich einen Frauenabend gegönnt. Sake und vertrauliche Gespräche. Jedes Mal, wenn sie an dem Restaurant *La Maison de Tokyo* vorbeigeht, wendet sie den Blick ab. Sie bekommt das Wort Sushi nicht mehr über die Lippen.

»Warum konnten wir diese Trauer nicht gemeinsam durchstehen? Der, mit dem ich am liebsten gesprochen hätte, war nicht für mich da. Ich hatte den Eindruck, dass ich auch meinen Vater verloren habe.«

Er murmelt: »Es tut mir leid, ich konnte nicht mehr. Ich war auch völlig am Boden. Wir konnten unser Leid nicht miteinander teilen.«

»Ich weiß, Papa, es ist in Ordnung, entschuldige. Möchtest du vielleicht etwas essen?«

Sie lächelt.

»Sollen wir uns etwas Süßes gönnen?«

Er liebt seine Tochter von ganzem Herzen. Er erfüllt nicht immer ihre Erwartungen, er ist manchmal linkisch. Aber er liebt sie aufs Innigste.

»Bist du immer noch Single?«

Paul, der neue Französischlehrer, hat sie letzten Mittwochnachmittag ins Kino eingeladen. Nach dem Film waren sie trotz des starken Windes noch lange spazieren gegangen, und das hatte ihr gefallen, zumindest für eine Weile. Ihre Eltern hatten sich vor über fünfzig Jahren das Jawort gegeben, die Ehe hätte glücklicher nicht sein können. Genau so etwas wollte sie auch, sonst blieb sie lieber allein.

»Ich habe manchmal nette Begegnungen, aber mehr auch nicht.«

»Ja, nette Begegnungen ...«

»Aber das mit Maman war mehr als eine nette Begegnung«

Das Hin und Her der Autos vor der Schule hatte aufgehört, als Letzte kam die Direktorin aus dem Gebäude, und Monsieur Mathot, der Hausmeister, verschloss das Tor. Kein einziges Kind stand mehr auf dem Bürgersteig. Manchmal quälten sie Vorwürfe, dass sie Nora, die doch so gerne für die vielen Enkelkinder aus dem Freundeskreis Geschenke zur Geburt besorgte, nicht zur Großmutter gemacht hatte.

Nervös zerbröselt Marcel den Würfelzucker, tut ihn aber nicht in seinen Kaffee und klopft mit seinem Löffel gegen die Tasse, um Aufmerksamkeit zu erregen.

»Willst du eine Rede halten?«

»Eine Rede nicht gerade, aber ich muss dir etwas sagen.«

Der feierliche und selbstsichere Ton ihres Vaters überrascht Manou. Seit einem Jahr hat sie ihn nicht mehr so sprechen gehört. Für einen Augenblick scheint die Zeit stillzustehen. An den Nachbartischen redet man über das Abendessen oder setzt in der Hoffnung auf ein besseres Leben Kreuzchen auf Lottoscheine.

Er schaut ihr in die Augen.

»Ich war nicht allein in Collioure. Ich habe in Bagnères-de-Bigorre auf der Terrasse jemanden kennengelernt. Eine

Verkettung von glücklichen Umständen, so hat sie es genannt.«

Nervös kramt Manou in ihrer Tasche, fischt eine zerknautschte Zigarettenschachtel heraus und geht nach draußen, eine rauchen. Dann noch eine. Zittert sie wegen der Kälte?

Eine Scheibe trennt Vater und Tochter. Weiter ist er mit seinem Geständnis nicht gekommen. Weder der richtige Ort noch der richtige Zeitpunkt, um ihr davon zu erzählen. Er lässt die Krümel wieder zurück in die Zuckerdose rieseln.

Manou tritt ihre Zigarette mit dem Absatz aus und kommt mit einem letzten Ausatmen wieder rein.

»Papa, bitte sag mir nicht, dass du dich in eine Krankenschwester verliebt hast.«

»Nein, nein, natürlich nicht, es ist eine Dame in meinem Alter. Sie heißt Marguerite.«

Auf dem großen Fernseher an der Wand beginnt gleich ein Pferderennen. Eine Quinté nur aus Stuten. An diesem Nachmittag auf der Pferderennbahn in Vincennes werden nur weibliche Pferde gegeneinander antreten. Das Rennen geht über zweitausendfünfhundert Meter, die Lieblingsdistanz von »Belle de Mai«.

Er bezahlt, und sie gehen durch die Straßen von Maisons-Laffitte. Sie hakt sich bei ihm unter. Schließlich laufen die seit elf Monaten angestauten Tränen langsam über Marcels runzelige Wangen.

Als sie vor dem Haus ankommen, erblicken sie auf dem Bürgersteig gegenüber einen Pekinesen mit einer großen Schleife auf dem Kopf, einer genauen Nachbildung des Kopfschmucks seines Frauchens. Sie brechen in schallendes Gelächter aus, wie damals, als Manou noch klein war und sie zusammen vom Balkon aus das Leben auf der Straße beobachteten.

21

Meine liebe Hélène … ein wahres Wunder ist geschehen! Ich hätte nie gedacht, dass mir einmal so etwas passiert. Er heißt Marcel, und ich habe ihn in Bagnères-de-Bigorre kennengelernt.«

Sie entfernt einige verblühte Blumen vom Grab. Dann legt sie einen Strauß Margeriten auf Grab 17 in Gang S.

»Stell dir nur vor, er hat mich in seine starken Arme genommen und geküsst … Es war atemberaubend … Ein Mann aus dem Süden. Er hört Musik aus fremden Ländern und kennt sich blendend mit Sternen aus. Ich bin gespannt, wie es weitergeht. Wie wird er wohl meinen Altfrauenkörper finden, der schon so lange Winterschlaf hält? Ob man nach den ganzen keuschen Jahren wieder zur Jungfrau wird? Ich weiß nicht, wo das alles hinführt, meine Liebe, aber ich muss zugeben: Mir geht es gut.«

Heute kein Besuch bei Henri oder ihren Eltern. Auf einem Nachbargang läuft sie dem Friedhofsgärtner über den Weg. Er fegt um die Gräber herum, ganz sorgfältig, damit ihm kein Blatt entwischt.

»Gang L, Grab 32. Denken Sie daran, die Konzession

für Ihre Eltern zu verlängern, sie läuft im Dezember ab. Danach haben Sie dreißig Jahre lang Ihre Ruhe.«

Er hat sie dabei nicht einmal angeblickt. In dreißig Jahren wird sie selbst unter der Erde liegen. Das Leben geht so schnell vorbei! Zielstrebig geht sie zum Friseur, obwohl sie keinen Termin vereinbart hat.

»Sie haben Glück, Madame Delorme. Gerade ist ein Platz frei geworden. Waschen und legen, wie immer?«

Sie betrachtet ihr Spiegelbild. Wer ist diese Frau mit dem strengen Haarknoten?

»Nein, Hubert, heute mal etwas anderes: Schneiden bitte, und zwar kurz.«

»Aber, Madame, der Haarknoten gehört doch zu Ihnen.«

»Eben, ich habe genug davon.«

»Sind Sie sicher?«

Sie schert sich nicht mehr um Geschwätz und Konventionen, etwas anderes hat die Oberhand gewonnen. All die übermütigen Luftbläschen, die Henri jahrelang nicht an die Oberfläche kommen ließ, blubbern nun nach oben, in die Freiheit.

Weiße und graue Strähnen fallen ihr auf die Knie. Sie hebt den Kopf und sieht einen ordentlichen Bob.

»Weiter, Hubert, noch mehr. Wie Line Renaud!«

Mit kurzen zerzausten Haaren wie Federn im Wind fühlt sie sich leichter. Sie hat die alte Marguerite im Friseursalon abgelegt, nun wird sie dem Alter die Stirn bieten und das bisschen Zeit nutzen, das ihr noch bleibt. Im Fernsehen hat sie letzte Woche Line Renaud in einem farbenfrohen Hosenanzug gesehen. So einen möchte sie auch. Bei *Lili* auf der Hauptstraße wird sie fündig. Als sie aus dem Geschäft tritt, ruft sie: »Maria! Wie schön, Sie zu sehen!«

»Sind Sie das, Madame? Ich habe Sie gar nicht erkannt.«

»Es tut mir aufrichtig leid. Ich weiß nicht, was mein Sohn sich dabei gedacht hat.«

»Es hat mir sehr wehgetan.«

»Ich möchte Sie wieder einstellen.«

»Ich habe wirklich gerne für Sie gearbeitet, aber ich habe nachgedacht, jetzt ist genug. Fünfunddreißig Jahre lang habe ich in diesem Beruf gearbeitet, meine Beine können nicht mehr. Ich ziehe zu meiner Tochter nach Portugal und genieße endlich die Sonne und meine Enkel.«

»Sie werden mir fehlen, Maria, aber Sie haben recht. Man muss auch einen Schlussstrich ziehen können. Sollen wir etwas essen gehen? Ich würde mich gerne für alles bedanken, was Sie für mich getan haben.«

»Aber nein, Madame, das ist doch nicht nötig.«

»O doch, ich würde mich freuen. Ich lade Sie nächsten Mittwoch ins *La Grande Table* ein. Sie erzählen mir von Ihrem Land, und ich verrate Ihnen ein Geheimnis.«

22

Sie haben sich achthundert Kilometer von Maisons-Laffitte entfernt kennengelernt. Dabei hätte sie ihm auf der Rue Jean-Mermoz Ecke Rue de Lorraine oder auf dem Marktplatz über den Weg laufen können. Damals hätte er sie gar nicht bemerkt. Er hatte nur Augen für seine Frau.

Heute geht er zum ersten Mal wieder ins *Cosy*. Immer montags hatten sie sich dort nach Noras Schicht im Supermarkt auf ein Getränk getroffen. Sie erzählten sich von ihrem Tag und gingen anschließend ins Kino. Die Kellnerin weiß, dass Nora nicht nur zufällig nicht da ist, aber sie erwähnt es nicht. Über Todesfälle plaudert es sich eben nicht so leicht wie übers Wetter.

Ein älterer Herr sitzt allein in der Ecke. Die Jacke sitzt nicht, das Haar ist wirr, der Blick verstört, eine Zeitung liegt unberührt vor ihm. Gestern noch hätte Marcel sich in diesem Mann, den die Traurigkeit zu Boden drückt, wiedererkannt. Die ausweglose Wahl zwischen Sterben und Altern. Einsamkeit trifft manchmal auf andere Einsamkeit, aber das lindert sie nicht. Wenn man erwachsen wird, verliert man nach und nach sämtliche Illusionen.

Beim Übergang vom Erwachsenen zum Senioren lernt man eine andere Art von Verlust kennen: Manchmal stimmt's im Kopf nicht mehr, aber der Körper spielt noch mit. Manchmal ist es auch umgekehrt.

Vor einigen Monaten hatten sein Freund Georges und er das gemeinsame Domino-Spielen aufgegeben, weil Georges seit seiner Star-Operation die Punktzahlen auf den Steinen nicht mehr voneinander unterscheiden konnte. Und Marcel stellt mittlerweile einen Teil seiner Einkäufe im Erdgeschoss ab und muss mehrmals gehen, um alles in die zweite Etage zu tragen. Morgens in die Gänge zu kommen – die steifen Gelenke in Bewegung bringen, aufstehen, sich waschen, anziehen, Frühstück zubereiten –, all das braucht mehr Zeit als früher. Er muss akzeptieren, dass er an Kraft verliert, muss diesen neuen Rhythmus annehmen. Und nun beschert ihm das Leben dieses besondere Geschenk. Warum ihm und nicht jemand anders? Verrät man mit einer neuen Liebe die frühere Beziehung? War er vor fünfundzwanzig Jahren kurz in Versuchung gekommen, als ihm die Reptilienpflegerin ihre Telefonnummer zuflüsterte? Nein. Er hatte immer nur Nora und ihren Körper begehrt. Er kannte nur diese Jugendliebe. Die Begegnung mit Nora war pures Glück gewesen, *baraka*, wie man bei ihm zu Hause sagt. Heute ist es damit vorbei. Sein früheres Leben ist Vergangenheit. Dennoch hat er ein übermäßiges Bedürfnis nach Nähe, will die Nase am Hals einer Frau vergraben, sie streicheln, obwohl sein Körper faltig und müde ist und ihm eine andere Richtung weist. Mit jemand anderem vertraut werden kommt ihm vor wie der Aufstieg auf den Mount Everest, aber den Gedanken, allein zu bleiben, findet er unerträglich. Auf einmal läuft die Zeit viel schneller. Wie viele Körnchen bleiben ihm noch in der Sanduhr?

Wieder denkt er an die Terrasse in Bagnères-de-Bigorre. Er war ganz entspannt, traute sich aber dennoch nicht zu sagen, dass ihm der Haarknoten nicht gefiel. Er erinnert sich an seinen kühnen Auftritt beim Frühstück und an seine Unbeholfenheit, als sie seine Einladung angenommen hatte. Er hätte sie auf dem Ausflug am liebsten von Anfang an zum Lachen gebracht, aber er stand linkisch mit hängenden Armen vor seinem Peugeot. Ein junger Mann bei seinem ersten Rendezvous. Später rettete ihn Maupassant. Eines Tages hatten ihn seine Eltern mit an die normannische Küste genommen. Fasziniert hatte er einen großen Felsen betrachtet: wie ein Elefant, der den Rüssel ins Meer taucht. In seinen Ferienaufsatz hatte er eine Postkarte geklebt, und bei Schulbeginn hatte ihm sein Lehrer eine Passage aus *Ein Leben* von Maupassant vorgelesen, die das kleine Felsentor zu Étretat beschreibt. Manche Begegnungen begleiten einen bis ans Lebensende.

Wie schön es in Collioure war! Alles war so einfach dort. Irgendetwas an Marguerite gefiel ihm unglaublich gut, diese Frau strahlte Güte und Unschuld aus.

Sie hatten sich gegenseitig ihre Lebensgeschichte anvertraut. Wahrscheinlich war es deswegen zu dem Kuss gekommen. Wie auch immer. Man musste nicht immer alles bis ins Kleinste verstehen.

Der erste Kuss. Der zweite erste Kuss seines langen Lebens. Also kann man vielleicht doch zwei Mal lieben? Wenn sie auf einer Parkbank gesessen hätte, hätte er sie dann gefragt, ob der Platz neben ihr noch frei sei?

Er dachte an die lange Heimfahrt im Auto. Sie war eingeschlummert und hatte ganz leise geschnarcht. Sieht so vielleicht Glück aus?

Sein Kaffee wird kalt. Das Papier des Schokolädchens auf der Untertasse ziert ein Bild von Venedig.

Vielleicht sollte er mit ihr dorthin? Ein kleines Hotel in einer schmalen Gasse abseits des Trubels am Markusplatz. Er würde das Papier aufheben und in einen Umschlag stecken, auf den er schreibt: »Wollen wir dorthin fahren?«

Der alte Herr sitzt immer noch vor seiner Zeitung. Marcel würde ihm gerne einen schönen Tag wünschen. Er belässt es aber bei einem leichten Kopfnicken. Viel zu häufig gibt man sich mit dem Minimum zufrieden.

Er kehrt zur Hauptstraße zurück und stellt sich vor, wie er mit Marguerite den Dogenpalast erkundet. Er hat Lust auf etwas Neues. Ganz egal, was. Sofort. Er geht in ein Geschäft, entscheidet sich für Mokassins aus braunem Leder und behält sie gleich an. Die Sohle ist bequem, das Gehen fällt ihm leichter. Er hat sich noch nie so teure Schuhe gekauft; und auch die Schuhcreme, die ihm die Verkäuferin empfohlen hat, nimmt er noch.

Sowohl sein Körper als auch seine Seele sind äußerst

empfindlich, und ein harmloses, fast schon kitschiges Bild rührt ihn zu Tränen: eine Parfumwerbung, bei der sich ein Vater und ein Sohn auf einem Segelboot anschauen.

Die Kirchturmuhr schlägt Mittag. Vielleicht sollte er sich etwas Besonderes gönnen? Zwei Hähnchenflügel mit Kartoffeln, die er in Schalottenbutter goldbraun röstet. Aber zuerst hinterlässt er bei Manou auf dem Anrufbeantworter eine Nachricht: »Kann ich morgen bei dir vorbeischauen? Ich würde mir gerne deinen Stadtführer von Venedig ausleihen.«

23

Auf ihrer Fußmatte liegt ein wundervoller Strauß gelber Margeriten mit einer Karte: *Hector erwartet uns um 14 Uhr, ich hole Sie ab.*

Dieses Mal ruft sie ihn gleich an.

»Wussten Sie, dass Margeriten meine Lieblingsblumen sind? Ich habe mich sehr gefreut.«

»Die Freude ist ganz meinerseits.«

»Wer ist dieser Hector?«

»Ein alter Weiser.«

Die Unterhaltung ist kurz, vielleicht hätte sie noch etwas länger mit ihm sprechen sollen; ihn fragen, ob er gut nach Hause gekommen ist, ob er gut geschlafen und sich nach der langen Fahrt wieder erholt hat. Aber sie muss um 14 Uhr fertig sein, und sie will, dass die Überraschung bei ihrem ersten offiziellen Rendezvous voll und ganz gelingt. Ihr neuer Hosenanzug, ein türkisfarbener Strickpullover aus seidigem Garn und die sorgfältig gekämmten kurzen Haare. Als sie ihm die Tür öffnet, blinzelt er erstaunt und sagt mit leicht bebender Stimme: »Sie sehen fantastisch aus!«

»Wirklich?«

»Mindestens zwanzig Jahre jünger.«

»Mein Friseur ist ein Genie. Wohin gehen wir?«

»Immer mir nach.«

Als sie auf dem Parkplatz vom Zoo ankommen, verzieht Marguerite das Gesicht. Eingesperrte Tiere und ihre flehentlichen Blicke waren ihr schon immer ein Graus. Sie kommt nur einmal im Jahr hierher, an Ludovics Geburtstag.

Vor den Tukanen erklärt Marcel ihr, dass seine Kollegen und er sich den Zoo wie Regale in einem Supermarkt aufgeteilt hätten. Er sei für die großen Säugetiere zuständig gewesen. Ein Nashorn liegt im Schlamm.

»Hier, das ist der alte Weise. Setzen Sie sich dorthin. Sie werden sehen, mit welch erstaunlicher Langsamkeit er sich bewegt. Nicht gerade elegant, aber überraschend wendig, trotz seiner dreieinhalb Tonnen.«

»Sind das die Tiere, die wegen der angeblich aphrodisierenden Eigenschaften ihrer Hörner gejagt werden?«

»Leider ja. Die Menschen sind dumm genug, diese Meisterwerke der Natur auszurotten. Dieser Junge hier ist zwar eingesperrt, aber zumindest lebt er noch.«

»Sie sind also vierzig Jahre lang jeden Morgen aufgestanden, um diesen Dickhäuter zu füttern.«

»Ich habe mich jeden Tag auf ihn gefreut. Mit der Zeit habe ich eine ganz besondere Beziehung zu ihm aufgebaut. Und dann die erstaunten Blicke der Kinder und ihre ängstlichen Schreie wegen des riesigen Kiefers, das wurde mir nie langweilig.«

»Mein Vater ist mit uns in den Cirque d'Hiver gegangen. In der Menagerie hat ein Tiger gelebt. Eines Tages haben wir uns mehr als fünf Minuten lang angeschaut, wir blickten uns tief in die Augen, ich hinter einer Absperrung, er hinter seinem Gitter. Ich war damals noch ein kleines Mädchen, dennoch hatte ich das Gefühl, er flehte mich um Hilfe an. Seitdem machen mich eingesperrte Tiere unglaublich traurig.«

»Das tut mir leid.«

»Das braucht es nicht. Ich freue mich sehr, dass ich Hectors Bekanntschaft machen durfte.«

»Er sich auch. Sollen wir in der Cafeteria etwas trinken?«

»Die kennen Sie doch bestimmt wie Ihre Westentasche, oder? Wollen wir nicht lieber zu mir gehen?«

Sie ist in der Küche zugange und kommt dann mit einem Tablett mit einigen Madeleines in einer Kristallschale, zwei Porzellantassen und einer silbernen Teekanne wieder ins Wohnzimmer. Marcel steht mitten im Raum, zögert, als würde er sich fragen, wo er sich hinsetzen soll.

»Darjeeling!«, verkündet sie und weist mit einer anmutigen Handbewegung aufs Sofa.

Im selben Augenblick fällt ihr ein, dass Frédéric einen Schlüssel hat und unangemeldet vorbeischauen kann, aber sie zwingt sich, den Moment zu genießen.

»Mein Garten hat mich oft sehr glücklich gemacht«, sagt sie und schenkt ihm eine Tasse Tee ein. »Leider blühen die Rosen in diesem Jahr nicht so prächtig wie sonst.«

»Sie dürfen sie nicht so weit auf die Nordseite pflanzen, dann erblühen sie nicht zu voller Pracht.«

»Ich muss ganz dringend jemanden finden, der mir zur Hand geht, ich schaffe das allein nicht mehr. Und mein Mann konnte Azaleen nicht von Geranien unterscheiden.«

Eine unglückliche Bewegung, und die Madeleines fallen auf den Orientteppich. Marcel entschuldigt sich, hebt sie auf und weiß nicht, was er machen soll. Legt er sie wieder in die Schale zurück? Marguerite lächelt ihn an.

»Keine Sorge, mit dem ganzen vornehmen Getue habe ich nichts mehr am Hut.«

»Es ist zwar nicht Schloss Chambord hier, aber fast!«

Sie öffnet die Terrassentür weit und bittet Marcel, sich neben sie auf die Bank zu setzen.

»Bänke bekommen uns offenbar gut … Ich fühle mich jedenfalls wohl neben Ihnen in meinem Garten … genauso wie damals mit dem Blick auf die verschneiten Berge.«

Er drückt sich sanft mit dem Daumen auf die Augenbraue und streicht sie bedächtig glatt, erst die linke, dann die rechte. Diese Geste rührt sie und erweckt in ihr unbekannte Gefühle.

»Warum tun Sie das?«

»Sie bringen mich durcheinander. Noch vor zwei Monaten ging ich mit gesenktem Kopf durch die Stadt. Heute fühle ich mich wieder lebendig. Sie sind der Grund dafür.«

Henri hat ihr nie so etwas Schönes gesagt. Im besten Fall sagte er: »Sie sehen aber heute Morgen gut aus, Maguy.«

Marcel legt Marguerite den Arm um die Schultern und drückt sie an sich, vor den zu sehr in den Schatten gepflanzten Rosenstöcken.

»Gehen wir wieder rein. Ihnen ist kalt, und der Abwasch wartet.«

»Zwei Tassen und eine Teekanne. Sie spülen, ich trockne ab und räume weg?«

»Wenn wir jetzt ein Team sind, könnten wir uns doch vielleicht duzen?«

Sie legt die Zitrone in den Kühlschrank.

»Das wird langsam etwas lächerlich. Dieser riesige Kühlschrank für mich ganz allein.«

»Genau wie bei mir. Ein halb leerer Kühlschrank.«

»Kennen Sie Line Renaud?«

Sie singt:

Toi, ma p'tite folie
Mon p'tit grain de fantaisie …
Du bist meine kleine Verrücktheit,
Mein kleiner Funken Fantasie …

Er steht auf, nimmt sie in die Arme, und zwischen dem Spülbecken und dem Tisch, an dem sie seit sieben Monaten allein isst, tanzen sie zu dem altmodischen Lied, das sie bei Henri nie singen durfte.

Toi qui boul'verses
Toi qui renverses
Tout ce qui était ma vie …
Du bringst mich durcheinander,
stellst mein Leben auf den Kopf.

»Das ist keine Chaâbi-Musik«, sagt sie.

»Aber auch hier wird Freude besungen.«

Noch vor kurzer Zeit sehnte sie die Dienstage und

Donnerstage herbei, damit sie sich mit Maria unterhalten konnte, und nun tanzt sie mit einem Mann am helllichten Tag in ihrer Küche. Er hat ihr noch einige Tipps zu den Rosen gegeben, dann ist er nach Hause gegangen. Sie ist erleichtert, weil Frédéric nicht überraschend aufgekreuzt ist.

Es ist schon 22 Uhr, als das Telefon klingelt.

»Ich bin's. Ich habe gerade an deinen Garten gedacht, um diese Zeit sollte man Osterglocken pflanzen. Ich kenne ein gutes Gartencenter. Dort sind die Blumen nicht in Käfige eingesperrt, wir könnten morgen dorthin.«

Sie versucht, einen Satz ohne das Wörtchen *Du* zu bilden. Diesen Mann zu duzen kommt ihr seltsam intim vor, obwohl sie sich schon geküsst haben.

»Morgen kann ich nicht. Nachmittags kommt mein Enkel.«

»Das wäre doch ein schönes Kennenlernen, zwischen den ganzen Osterglocken?«

»Halten Sie das für eine gute Idee?«

»Wie alt bist du?«

Sie lacht.

»Alt genug für gute Ideen ...«

»Ich hole euch beide um 15 Uhr ab.«

»Wir werden bereitstehen. Sie erkennen mich ganz leicht, ich halte meinen Enkelsohn an der Hand.«

Sie nimmt ihren Kalender aus der Schreibtischschublade und schreibt auf die Seite für den morgigen Tag in Großbuchstaben: 15 Uhr MARCEL!

Eine schöne Landstraße führt zum Gartencenter *Blühendes Glück*. Ludovic erzählt von seinem Tennisunterricht, und Marcel spricht von dem goldenen Pokal, den er mit 15 Jahren bei einem Basketballturnier gewonnen hat. Marguerite wünscht sich, dass dieser Augenblick niemals endet.

Auf der breiten Allee, die zum Gartencenter führt, nimmt Marcel Ludovic auf den Schoß. Er darf lenken. Weder sein Vater noch sein Großvater haben ihm jemals ein so aufregendes Abenteuer geboten. Mit den Händen auf zehn nach zehn wie der Kapitän eines Segelbootes, das er in den Hafen einfährt, hat Ludovic das Ruder übernommen. Lautes Geschrei und Lachen bis zur Einfahrt zum Parkplatz, wo Marcel wieder das Kommando übernimmt. Ludovic wendet sich seiner Großmutter zu.

»Papa hat erzählt, dass du umziehst. Stimmt das?«

24

Papa, kannst du ganz schnell kommen?«

»Gibt es ein Problem?«

»Ich komme gerade aus der Schule, habe noch meinen Mantel an, wir müssen uns so schnell wie möglich unterhalten.«

Marcel hat sich beeilt. Er ist die Treppe hochgehetzt, sie hat ihn nicht umarmt. Außer Atem lässt er sich auf einen Samtsessel fallen.

»Ludovic ... sagt dir der Name etwas?«

»Das ist Marguerites Enkelsohn. Warum?«

»Er ist ein Schüler von mir.«

»Ist das schlimm?«

»Schlimm vielleicht nicht, aber Ludovic hat einen Papa.«

»Kennst du ihn?«

»O ja, das kann man wohl sagen.«

»Aber was wollte er denn?«

»Er hat mich gefragt, ob ich weiß, dass mein Vater mit seiner Mutter schläft.«

Marcel sinkt tiefer in den Sessel.

»Er kam in meine Klasse gestürmt. Der geht zum Lachen in den Keller, steif wie ein Ladestock mit seinem dunkelgrauen Anzug, der ordentlich gebundenen Krawatte und den tadellos glänzenden Schuhen. Ich habe schon öfter erlebt, wie Eltern sich aufregen, aber er hat den Vogel abgeschossen. Er hatte schon gar keinen Mund mehr, weil er die ganze Zeit auf seiner Lippe herumgekaut hat. Und ich musste danach auch noch fünfundzwanzig Erdkundearbeiten korrigieren. Er meinte, ich sei für dich verantwortlich. Vielleicht hast du deine Marguerite ein bisschen zu schnell gekidnappt.«

»Wir haben euch doch Bescheid gegeben.«

»Ja, das mag ja sein, aber er hat schon recht damit, dass ihr uns Grund zur Sorge gegeben habt.«

»Ich bin kein Kind mehr.«

»Du verschwindest nach Collioure. Drei Tage später holst du diese Dame und ihren Enkel mit deinem Wagen ab. Und um dem Ganzen die Krone aufzusetzen, lässt du den Jungen auch noch ans Steuer.«

»Du hast nicht zufällig einen kleinen Cognac?«

Er hört, wie sich die Küchenschränke öffnen und schließen, dann pfeift der Teekessel. Seinen Cognac wird er nicht bekommen. Er sitzt inmitten der Möbel seiner und Noras erster Wohnung, da ist der Schreibtisch, den Nora auf dem Flohmarkt gekauft hatte, überall liegen Hefte herum, auf dem Tisch, dem Boden, einfach überall. An der Wand ein Konzertposter und neben dem Fernseher DVDs. Ein Stapel Liebesfilme.

Manou kommt mit einem gravierten Silbertablett wieder ins Zimmer. Eine Teezeremonie wie bei Nora: reichlich Minzblätter, zwei Tropfen Orangenblütenwasser, zu viel Zucker. Die gleiche konzentrierte Miene, als sie das Wasser von weit oben einschenkt, die gleiche Zufriedenheit, weil sie gut gezielt hat, die gleiche Grimasse, als sie das siedend heiße Glas berührt.

»Wie hast du reagiert?«

»Ich habe ihn gefragt, ob seine Mutter noch minderjährig sei, und das hat ihm gar nicht gefallen. Ihm traue ich zu, dass er sich beim Direktor beschwert. Weißt du, was er geantwortet hat? ›Ich scherze nicht, Mademoiselle, meine Mutter ist ohne ihren Mann verloren. Bis zum Tode meines Vaters hatten wir keinerlei familiäre Probleme, und nun brennt sie mit einem Wildfremden aus der Thermalkur durch. Und bei diesem Fremden handelt es sich um Ihren Vater. Er hat meine Mutter ohne mein Einverständnis mit nach Collioure genommen. Sie, die sich doch salzfrei ernähren muss und normalerweise nur Mineralwasser trinkt, habe ich neulich um fünf Uhr nachmittags mit einer angebrochenen Dose Sardellen und einer halb leeren Flasche Banyuls am Tisch angetroffen. Ich habe diese Frau nicht wiedererkannt, Mademoiselle.‹«

Marcel sollte sich schuldig fühlen wie ein kleiner Junge, der bei einer Dummheit ertappt wurde, aber ihm ist eher nach Lachen zumute, weil ihm die Angelegenheit derart absurd vorkommt.

»Und was ist mit dir, Manou?«

»Wie, mit mir?«

»Was hältst du von der ganzen Sache, mein Schatz?«

»Dieser verklemmte Spießer ist mir schon mal bei einer Elternversammlung aufgefallen. Ich kann die ganzen Leute nicht mehr hören, die ihren Kindern die eigenen gescheiterten Träume aufdrängen wollen. Als ob es nichts anderes gäbe als: ›Vater Notar, Sohn Notar, Enkel Notar‹. Also, wenn ich Kinder hätte …«

Der Tee ist siedend heiß, aber köstlich, so, wie sie ihn beide gerne trinken.

»Nein, ich meine von dieser Geschichte mit Marguerite.«

Ganz sanft pustet sie auf ihr Glas.

»Letzten Endes war das Geschenk doch ein voller Erfolg. Wenn man bedenkt, dass du türmen wolltest, weil dir die Spargelcremesuppe zum Hals raushing!«

»Glaubst du, dass man nur ein Mal im Leben jemanden lieben kann?«

»In eurem Alter zählt jede Minute wie zehn Jahre.«

Sie nimmt einen Schluck und blickt ihm in die Augen.

»Ich bin ein Mensch, der glaubt, dass es morgen schön wird, selbst wenn der Wetterbericht schlechtes Wetter vorhersagt. Aber vor allem finde ich, dass ich einen grandiosen Papa habe. Nun muss ich mich aber beeilen, ich muss noch einmal in die Schule, ich habe vergessen, Jojo zu füttern.«

»Jojo?«

»Den Hamster. Er braucht mich.«

»Ich brauche dich auch.«

»Möchtest du am Mittwoch vielleicht zum Mittagessen vorbeikommen?«

25

Mit der Glühbirne in der Hand balanciert sie auf einem Küchenstuhl, plötzlich verliert sie das Gleichgewicht, stürzt und kommt auf den Fliesen wieder zu sich. Ihr Herz pocht wie verrückt, vor ihr auf dem Boden die zerschmetterte Glühbirne. Man hat ihr immer gesagt, sie solle aufpassen, sie werde sonst irgendwann fallen, nun ist es passiert. Sie versucht aufzustehen. Sie verzieht das Gesicht, noch ein Versuch, diesmal schafft sie es. Ihre Beine sind noch in Ordnung, alles nicht so schlimm. Sie schwankt zwischen einer Paracetamol und einem Anruf bei Docteur Dubois. Sie entscheidet sich für den Docteur.

»Vielen Dank, dass Sie so schnell gekommen sind.«

»Ich war sowieso gerade in der Gegend.«

Er untersucht sie. Einige blaue Flecke und ein verstauchtes Handgelenk, sie braucht keinen Gips, ein Verband reicht. Er misst ihr den Blutdruck und betrachtet sie liebevoll. Das kurze Haar verleiht ihr ein mädchenhaftes Aussehen.

»Sie leben gefährlich.«

»Wenn Sie wüssten, Docteur …«

»Sie haben einen Schock. Sie sollten sich heute ausruhen.«

»Mein Herz schlägt ein wenig zu schnell.«

»Ich gebe Ihnen ein Beruhigungsmittel.«

Er verstaut sein Stethoskop wieder im Lederetui und sagt:

»Ich könnte ein Glas Wasser vertragen, aber bleiben Sie sitzen, ich hole es mir selbst.«

Er kehrt mit einem Wasserglas in der Hand zurück.

»Geht es Ihnen wirklich gut?«

»Ja.«

»Es ist bestimmt nicht einfach, so allein in diesem großen Haus.«

»Besonders, seitdem Maria nicht mehr da ist.«

»Gut, dass Sie Ihren Enkel haben.«

»Gut, dass ich jemanden kennengelernt habe.«

Docteur Dubois richtet sich den Hemdkragen.

»Das sind gute Neuigkeiten. Besser als alle Glückspillen auf der Welt.«

Er lächelt sie an.

»Aber nehmen Sie sich vor wackeligen Stühlen in Acht!«.

Sie würde gerne Marcels Stimme hören. Sie macht es sich auf dem Sofa gemütlich, stützt den Arm auf ein Kissen und berichtet von Docteur Dubois' Besuch.

»Für die Zukunft solltest du wissen, dass ich nicht nur Osterglocken pflanzen, sondern auch Glühbirnen wechseln kann.«

»Machen Sie auch Kalbsfrikassee?«

»Das kann ich sogar besonders gut.«

»Mir geht das ›du‹ bei Ihnen einfach nicht über die Lippen.«

»Denk nicht zu viel darüber nach, das ergibt sich schon, Marguerite.«

Wie lange hat sie nicht mehr am Telefon mit einem Mann gelacht? Ehrlich gesagt: noch nie zuvor.

»Ich muss jetzt auflegen. Ich höre Schritte. Das ist mein Sohn, er sucht Unterlagen für das Gutachten zu einem Bild.«

Seit Henris Tod hat Frédéric einen Schlüssel. Sie ist davon nicht begeistert, aber ihr Widerstand blieb zwecklos. Ihr Sohn kommt ins Zimmer und blickt entgeistert auf den Verband am Handgelenk seiner Mutter.

»Nicht der Rede wert, ich wollte bloß eine Glühbirne wechseln.«

»Ich habe dir doch verboten, auf einen Stuhl zu steigen. Seit deinem Ausflug mit diesem Unbekannten machst du nur Unsinn. In deinem Alter ist dieses Betragen nicht mehr angemessen.«

Sie sagt sich, dass ihr Sohn von Zeit zu Zeit mal etwas Verrücktes machen sollte. Das ist gut für die Seele. Carole hat mit einem solch steifen Mann bestimmt auch nicht viel zu lachen. Sie lächelt nervös.

»Maman, wie lange warst du schon nicht mehr auf dem Friedhof?«

»Was hat der Friedhof damit zu tun?«

»Monsieur Buisseret, ein Angestellter von Papa, hat mir erzählt, dass das Grab einen vernachlässigten Eindruck macht. Er war äußerst erstaunt, dass dort keine einzige Blume lag.«

Sie kauert sich auf dem Sofa zusammen. Wie ein kleines Mädchen, das bestraft wird. Ihr Sohn kaut auf seiner Unterlippe. Er werde später noch einmal hereinschauen, wenn er sich beruhigt habe.

Um zwei Uhr nachmittags steht er wieder vor der Tür und hat die Hand schon auf der Türklinke. Er weiß, dass ihm etwas Schwieriges bevorsteht, er kehrt um, er muss sich erst noch einen Moment die Beine vertreten. Er hält inne und schlägt sich sämtliche Zweifel aus dem Kopf, die seine Entscheidung gefährden könnten. Dann geht er ins Haus und sagt ihr leise, dass er einen Platz in einem Pflegeheim gefunden habe. Er fügt hinzu, dass es schwierig sei, ein Haus zu finden, wo von einem Tag auf den anderen medizinische Untersuchungen durchgeführt würden. Zunächst versteht Marguerite nicht, dann sagt sie sich, dass ihr eine Katze als Ausrede dienen würde, zu Hause zu bleiben. Aber sie hat jetzt größere Probleme als das fehlende Haustier.

»Du musst dich ausruhen. Das ist zwar keine Kur in Bagnères-de-Bigorre, aber eine qualitativ hochwertige Einrichtung, die ein Freund von Carole empfohlen hat. Dort arbeiten kompetente Ärzte, die auch danach schauen, was gesundheitlich noch in Ordnung ist.«

Und wer gießt die Blumen, wenn sie nicht da ist?

»Du wirst schon sehen. Ein angenehmes Haus, umgeben von Bäumen, mit aufmerksamem Personal und liebevoller Pflege, damit du wieder zu Kräften kommst. Man geht durch die Tür und fühlt sich gleich besser.«

Sie presst das Kissen immer fester an sich.

»Du sagst ja gar nichts. Es ist doch nur zu deinem Besten, Maman. Du kannst nicht ganz allein hierbleiben. Dieser Sturz war nur ein Warnzeichen, du hast auf mich in letzter Zeit sowieso einen sehr unruhigen Eindruck gemacht. Nach den Ergebnissen werden wir weitersehen, was das Beste für dich ist.«

Sie denkt an Marcels Unterarme auf dem Lenkrad des Peugeots.

»Du warst bislang immer in Papas Obhut, er hätte genauso entschieden. Seine Devise lautete immer: ›Vorsorgen ist besser als heilen.‹«

Die Hügel in Collioure in der Abendsonne.

»Ludovic kann dich mittwochs besuchen.«

Seine dunklen Augen sind während des ganzen Mittagessens fest auf sie gerichtet.

»Du kommst nach Hause, wenn du wieder ganz gesund bist. Ich fahre dich gleich. Pack eine Tasche mit ein paar Sachen, den Rest bringe ich dir später.«

Marguerite folgt ihrem Sohn zum Auto, von dem Beruhigungsmittel fühlt sie sich benommen. Frédéric nimmt eine schöne Landstraße. Der Eingang der Résidence Beaulieu lässt ein charmantes Hotel vermuten, aber nach dem Überschreiten der Türschwelle entdeckt Marguerite die Rollstühle in den Gängen und die verstörten Blicke der Bewohner, die sich auf Krankenschwestern stützen, weil sie nicht mehr allein gehen können. Ein beißender Geruch steigt ihr in die Nase. Als würde man jeden Tag mit Chlor wischen, um die Ausdünstungen des Alters zu bekämpfen. Sie möchte zurück in ihr Haus, sich auf die Bank im Garten setzen und den Osterglocken beim Aufblühen zusehen.

Schweigend folgt sie ihrem Sohn. Ihr Zimmer bietet Aussicht auf einen großen Park, Frédérics Stimme klingt leise und dumpf, sie erinnert sich an das wie durch Watte gedämpfte Gefühl am Tag von Henris Beerdigung.

»Schau mal, Pappeln, die magst du doch so gerne.«

»Frédéric, wo bin ich hier?«

»In einem Gesundheitszentrum. Hier arbeiten nur geschulte Kräfte.«

»Du lügst. Hier sind nur alte Leute.«

»Maman, sei doch bitte nicht kindisch. Hier wird man gut für dich sorgen.«

Er küsst sie auf die Stirn und geht. Als er am Empfang vorbeikommt, stammelt er: »Wie vereinbart bleibt meine Mutter drei Tage lang hier. Nach den Untersuchungen werden wir sehen, ob ihr Aufenthalt verlängert werden muss.«

Auf dem Parkplatz sitzt er wie erstarrt in seinem Auto, die Hände umklammern das Lenkrad. Reichen die Pappeln aus, um sie zu beruhigen? Er wollte sie in den Arm nehmen, aber er konnte einfach nicht.

Er erinnert sich daran, wie er im Winter freitags abends aus dem Internat zurückkam. Sie machte ihm immer Arme Ritter, wirbelte in ihrem blau-weiß gepunkteten Kleid in der Küche umher, und jetzt fällt sie von einem Stuhl, weil sie keine Glühbirne mehr wechseln kann.

Natürlich hat er daran gedacht, sie bei sich zu Hause

im Gästezimmer einzuquartieren, aber die Vorstellung, dass er mit seinen fünfzig Jahren seiner Mutter täglich beim Abendessen gegenübersitzt, hat ihm nicht gefallen. Er hat auch eine Haushaltshilfe in Betracht gezogen, aber in letzter Zeit hat seine Mutter sich zu viel erlaubt, man durfte sie nicht mehr allein zu Hause lassen, auch nicht unter strenger Beaufsichtigung.

Er weiß, dass sein Vater seine Entscheidung gebilligt hätte. Er wählt die Nummer eines Kunden, er möchte den morgigen Termin besprechen, über Eigentumsnachweise reden und dadurch jegliche Gefühlsanwandlungen vergessen.

Marguerite sitzt auf der Bettkante. Sie ist einsam, alles ist fremd, wie zu Beginn ihrer Ehe, als sie die Trauer ihres Elternhauses gegen die Strenge ihres Ehemanns eingetauscht hat. Vom Mausoleum ins Museum. Erst nach Monaten hatte sie sich heimisch gefühlt. Wo und wann hatte sie versagt? Henri hatte diese Idee vom Internat im Kopf, und sie hatte ihn einfach gelassen, wie immer. An den Wochenenden sprach er mit seinem Sohn über Sonaten von Chopin. Sie blieb im Hintergrund, spielte keine Rolle.

Er hatte sich ihrer entledigt, als wäre sie eine Katze, die man vor dem Aufbruch in die Ferien an einer Raststätte aussetzt. Weiße Wände. Bis auf einen Tisch, einen Stuhl und ein Bett ist das Zimmer leer. Sie war schuldig, weil sie achtundsiebzig Jahre alt war. Verurteilt zu lebenslänglicher Haft. Es donnert, und ein Blitz erhellt die fahle Wand.

Ein stechender Schmerz fährt ihr ins Handgelenk, das Beruhigungsmittel wirkt nicht mehr. Sie würde Ludovic gerne sehen und ihn in die Arme schließen.

Eine Krankenschwester betritt das Zimmer mit einem Essenstablett in der Hand.

»Sie haben Ihr Nachthemd ja noch gar nicht an. Essen Sie, Madame, ich komme später noch einmal und bringe Sie ins Bett. Sie müssen sich ausruhen, morgen beginnen schon die Untersuchungen.«

Es ist sechs Uhr abends. Auf dem Tablett kleine Schälchen, unter der Kunststofffolie eine Scheibe Schinken, zu kurz gegarter Chicorée, Joghurt ohne Früchte, das Menü ihres neuen Lebens. Frédéric hat die Akte geschlossen, seine Entscheidung wie einen seiner Verträge abgestempelt und ad acta gelegt.

Sie blickt auf die Pappeln, den stürmischen Gewitterhimmel, das verbundene Handgelenk, ihre Tasche. Bei dem überstürzten Aufbruch hat sie die Rechnung für die Anchovis vergessen, auf der Marcels Nummer stand.

26

Nach seiner Rückkehr aus Nizza war er hierhergekommen. Auch heute Abend, nach zwei Tagen ohne Nachricht von ihr, versucht er, hier zur Ruhe zu kommen, auf der Bank mit Blick auf Hector, diesen unerschütterlichen riesigen Fleischkloß. Der Dickhäuter stampft durch sein Gehege, auf dem schlammigen Boden bleibt er stehen. Aus seinen winzigen Äuglein blickt der Koloss Marcel fragend an.

»Du hast nicht zufällig Marguerite gesehen?«

Die Unbeweglichkeit dieses Tieres hat ihn immer schon fasziniert. Vielleicht will sie ihn einfach nicht wiedersehen? Vielleicht hat sie es sich anders überlegt? Er steht auf und lehnt sich auf den Holzzaun vor dem Gehege.

»Ich komme wieder.«

Es wird dunkel, er geht wieder zu seinem Wagen, fährt nach Maisons-Laffitte, kurvt ziellos durch die Stadt, parkt in der Straße mit den eleganten Häusern. Er klingelt mehrmals bei Hausnummer 25. Niemand öffnet. Er geht um das Haus, schaut durch die Fenster. Obwohl der Mond scheint, erkennt er im Wohnzimmer nur dunkle Umrisse. Im Garten die Bank, auf der sie sich ihre Geheimnisse offenbarten. Er setzt sich mit zugeschnürter Kehle und rechnet mit dem Schlimmsten.

Vielleicht ist sie die Treppe heruntergefallen?

Vielleicht hat ihr Herz die ganzen Turbulenzen nicht mehr mitgemacht?

Aus dem Halbdunkel fragt eine Stimme: »Kann ich Ihnen helfen?«

»Ich bin ein Freund von Marguerite … Maguy … Madame Delorme.«

»Sie ist nicht da, ich habe sie gestern mit ihrem Sohn wegfahren sehen, sie hatte eine Reisetasche dabei.«

»Eine große Tasche für eine längere Reise?«

»Das weiß ich nicht, Monsieur! Es tut mir leid, Ihnen mitteilen zu müssen, dass wir es nicht in Ordnung finden, wenn Unbekannte in den Gärten herumstreunen.«

»Ich bin kein Unbekannter, wir waren gemeinsam am Meer.«

»Sie müssen sich irren, Madame Delorme ist Witwe.«

»Sie können ganz beruhigt sein, wir hatten getrennte Zimmer.«

»Monsieur, das geht mich nichts an. Wenn Sie nicht sofort verschwinden, rufe ich meinen Mann. Und passen Sie auf die Begonien auf. Ich habe sie gepflanzt, und Maguy mochte sie sehr.«

»Vielen Dank, Sie waren äußerst liebenswürdig.«

Der steife Ladestock war vielleicht mit ihr weggefahren und hatte wahrscheinlich auch ihr Telefon eingesteckt.

Er steigt wieder ins Auto, das wie von allein zum Friedhof fährt. Immer wenn sich alles in seinem Kopf dreht, würde er so gerne mit Nora sprechen. Vor dem Eingangstor hält er an, dann kehrt er wieder um. Ein kalter Stein, ein Name, zwei Daten. Sie ist nicht da.

Er macht wieder kehrt und murmelt vor sich hin. Warum ist sie weggegangen? Was hat sie mir noch einmal genau beim letzten Gespräch gesagt? Sie mag keine eingesperrten Tiere, und ich gehe mit ihr in den Zoo. Er passiert die Kapelle am Anfang der Sackgasse. Vielleicht habe ich alles überstürzt. Warum wollte ich sie duzen, als sie noch gar nicht bereit war dazu? Links die Mülldeponie. Manou predigt mir immer, ich soll den Müll trennen. Eine rote Ampel. Zu spät! Er hat ihr gestanden, dass er bei jedem Glas Wasser, das er trinke, an sie denke. Was war er nur für ein Idiot! Schlägt man einer Frau vor, dass man mit ihr nach Collioure fährt, wenn man sie erst seit drei Tagen kennt? Er hat ihr gesagt, dass sie ihre Rosen zu weit auf die Nordseite gepflanzt habe, anstatt ihr seine Hilfe anzubieten. Er schaltet die Nebelschlussleuchte ein. Er hat die Madeleines runtergeworfen. Kaum noch Häuser, kaum noch Laternen. Bestimmt hielt sie ihn für schlecht angezogen, in ihrem feinen Haus mit Stuck an den Decken. Bloß Kühe, die in der Nacht muhen. Er erinnert sich daran, dass sie die Ankunft ihres Sohnes vorgeschützt hat, um die Unterhaltung zu beenden. Er kurbelt das Fenster herunter, der Wind peitscht ihm ins Gesicht. Die Höhenluft hatte sie wohl benebelt, nach ihrer Rückkehr hat sie sich wieder gefangen. Sehr schnell. Zu schnell. Ein kleines Tier im Scheinwerferlicht, ein herumgerissenes Lenkrad, der Wagen kommt ins Schleudern. Ein gellender Schrei, ein dumpfes Geräusch. Er hat den Igel überfahren. Eine platt gedrückte Kugel im eigenen Blut mitten auf der Straße. Auch der beste Tierarzt könnte hier keine Wunder mehr vollbringen. Er nimmt einen Ast, schiebt das tote Tier vorsichtig an den Straßenrand und lässt es zwischen Brennnesseln liegen. Wenn ich weiterfahre, wird das böse enden; er biegt nach rechts auf den erstbesten Feldweg ab und stellt den Motor aus. Er will sich den rot verschmierten Reifen nicht ansehen. Er nimmt eine alte Decke aus dem Kofferraum und marschiert los. Ein gewundener Pfad, eine Wiese, ein kleiner Wald, er geht und geht, trotz Kurzatmigkeit, trotz Müdigkeit und schmerzender Knöchel. Er kennt jeden Grashalm, die Weißdornhecke, das hochgewachsene Farnkraut, die Bruchsteinmauer. In diesem Augenblick hat er nur ein Ziel: Er will hinunter auf die große Waldlichtung. Auf dem feuchten Gras breitet er seine Decke aus und legt sich mit verschränkten Armen hin. Das Himmelsgewölbe, *dieser Überfluß an Poesie, die der Himmel auf die Erde senkte,* die Stille. Das sind seine Sterne. Wenn er mit ihnen im Einklang ist, ist er mit sich selbst im Einklang.

»Marguerite, wo bist du nur? Ich würde alles tun, um dich wiederzusehen.«

27

Résidence Beaulieu

Lieber Marcel,
ich schreibe Ihnen an einem kleinen Tisch aus weißem Holz mit Blick auf einen Park. Ich bin Ihnen die Wahrheit schuldig: Mein Sohn hat mich in diese Einrichtung gebracht, damit ich gründlich untersucht werde. In den letzten Tagen ist mir klar geworden, dass es sich bei dem Haus auch um ein Seniorenheim handelt, einen Ort, der für meine Gesundheit und vielleicht auch mein Leben von Vorteil ist. Ich selbst habe es nie in Betracht ziehen wollen, aber nun, wo ich hier bin, denke ich, dass es vielleicht gut wäre, mich hier niederzulassen. Bald wird ein schöneres Zimmer frei.

Ich muss den Tatsachen ins Auge sehen: Ich bin müde. Ich habe mich kurz jünger gefühlt, aber ich bin achtundsiebzig Jahre alt! Und ich bin nicht Jane Fonda. Frédéric geht mir auf die Nerven, aber er will nur das Beste für mich, und ich möchte ihm nicht zur Last fallen.

Das Finanzielle ist kein Problem, das letzte Privileg einer Notarsgattin. Materielles hatte ich im Überfluss, ich lebte immer in einem schönen Haus, daran wird sich auch in Zukunft nichts ändern. Ich werde die Bronzeuhr und einige Lieblingsbilder mitnehmen, damit ich mich schneller heimisch fühle.

Vielleicht wird das eines Tages auch für Sie das Richtige sein.

Man sollte sich beizeiten für einen Ort entscheiden, an dem man seine letzten Jahre verbringt. Danach fehlt die Kraft, große Veränderungen sind ermüdend. Heute sage ich mir, dass ich auf Nummer sicher gehen muss.

Docteur Dubois wird alt, bald geht er in den Ruhestand. In meinem Alter noch den Arzt zu wechseln, das macht mir Angst.

Als ich letzte Nacht nicht schlafen konnte, habe ich ausgerechnet, wie oft ich die Treppe mit den dreiundzwanzig Stufen im vergangenen Jahr hinauf- und hinuntergelaufen bin. Vier Mal täglich, multipliziert mit 365 Tagen. Ich bin erleichtert, dass ich diese Stufen nun nicht mehr steigen muss. Dieses Haus ist zu groß für mich allein, Maria ist nicht mehr da, und wenn sich der Abend über den Garten legt, fürchte ich mich.

Die Reise nach Collioure war eine wunderbare Flucht aus dem Alltag, die bei mir bleibenden Eindruck hinterlassen hat. Ich bedauere nichts, glauben Sie mir, ich bin sehr dankbar für dieses Erlebnis.

Ich erinnere mich an die kleine Bank, auf der wir gesessen und den Boule-Spielern zugeschaut haben, und an diesen holländischen Touristen mit den grellen orangefarbenen kurzen Hosen, der sich aufführte, als hätte er das Spiel erfunden. Ich habe gelesen, dass die Erinnerung an Glück auch noch einmal Glück ist.

Manchmal denke ich, dass ich Sie weder küssen noch mich von Ihnen hätte küssen lassen dürfen. Ein Augenblick der Hingabe ist verzeihlich, vielleicht hat mir der Nordwind den Kopf verdreht.

Ich habe mit dem Gedanken gespielt, eine andere zu werden, aber nun bin ich überzeugt davon, dass ich einfach kein junges Mädchen mehr bin, die Zeiten sind vorbei. Wie dem auch sei, es war für mich eine wunderbare Abwechslung vom Alltag.

Wie viel Zeit bleibt mir noch? Drei Jahre? Fünf Jahre? Ich werde sie hier in der Stille verbringen. Ich bin älter als Sie. Was ist, wenn es mir in einem Jahr schlechter geht als heute? Ich bin vom Stuhl gestürzt, das ist ein Zeichen. Was wäre passiert, wenn ich nicht mehr hätte aufstehen können? Ich wäre tagelang liegen geblieben, bis man mich gefunden hätte. Manchmal muss man grundlegende Änderungen im Leben willkommen heißen. Ich entscheide mich ganz bewusst dafür. Ich brauche Sicherheit und weiß, dass hier in dieser Einrichtung für alles gesorgt ist. Ich lebe mich immer besser ein, auch wenn es nicht mein Zuhause ist.

Kommen Sie mich doch einmal sonntags besuchen; wir machen einen Spaziergang im Park, und ich zeige Ihnen die Pappeln.

Herzliche Grüße
Marguerite Delorme

28

Sei gegrüßt,
ich habe gerade Deinen Brief gelesen und fühle mich nun, als hätte Hector auf meiner Brust Platz genommen. Ich habe Dich überall gesucht, habe mir das Schlimmste ausgemalt und meinen Sternen versprochen: Ich werde Dich wiederfinden. Und heute schreibst Du mir, dass Du im Gefängnis bist und dort auch bleiben möchtest. Ich antworte Dir trotzdem. Seit Ewigkeiten habe ich keinen richtigen Brief mehr geschrieben. Der letzte ging ans Finanzamt, dort hatte man einen Fehler gemacht. Auch Du machst einen Fehler. Bloß weil man keine Glühbirne wechseln kann, muss man nicht sein ganzes Leben umkrempeln. Statt die Stufen zu zählen, solltest du das Hinauf- und Hinabsteigen eher als sportliche Betätigung betrachten; irgendwann einmal kannst Du Dir immer noch einen Treppenlift einbauen lassen, der Dich nach oben fährt. Du schreibst über diesen Holländer mit den orangefarbenen kurzen Hosen in Collioure, als hättest Du nur diese eine Erinnerung. Ich hingegen habe Tausende. Wie wir uns glucksend vor Freude am Hafen ein Eis aus Reismilch geteilt haben? Und der plötz-

liche Regenguss, als wir aus dem Museum gekommen sind? Erinnerst Du Dich nicht mehr? Für Dich ist es eine wunderbare Flucht aus dem Alltag, ich würde gerne für immer in Deiner Küche tanzen. Ich bin zwar Rentner, aber mein Herz hat keine Falten. Ich möchte mit Dir nicht durch den Park der Résidence Beaulieu spazieren, ich möchte mit Dir im Heißluftballon um die Welt fliegen. Ein Platz in einem Altersheim? Ich würde mich niemals in einem Käfig einsperren lassen; ausruhen kann ich mich ganz fabelhaft auf meinem Sofa. Du lässt zu, dass Dein Frédéric Dich manipuliert. Ich kann mir nicht vorstellen, wie man eine Beziehung zwischen 14 und 16 Uhr führen soll, noch weniger kann ich mir vorstellen, wie Du ungesalzenes Püree isst, wo ich Dir Doch ein königliches Couscous mit von Hand gemahlener Gerste kredenzen könnte. Ich sehe dich am Tisch zwischen all den Paulettes und den Bettlägerigen, die ihre Pillen vor sich aufreihen. Ich weiß nicht genau, ob ich Dich wirklich sonntags besuchen werde. In deinem Alter sind die Frauen unterschiedlich, du bist ein junges Mädchen von achtundsiebzig Jahren, und ich würde besser auf Dich achtgeben als irgendwelche Krankenschwestern. Du hast für Dich beschlossen, dass es mit uns beiden aus ist. Ich habe Deinen äußerst vernünftigen Brief gelesen und mich entschieden: Ich werde so schnell wie möglich in meine Heimat Algerien zurückkehren und Halt in meinen Wurzeln suchen. Manou wird das verstehen. Sie begleitet mich auf der Überfahrt, ich werde ihr die Hügel unserer Kindheit und das Haus ihrer Mutter zeigen. Du machst den Nordwind für unsere Küsse verantwortlich, aber an jenem Tag war es völlig windstill. Bei manchen »Abwechslungen« will man, dass sie nie enden, das hätte ich mir auch für unsere Abwechslung gewünscht.

Marcel

PS: Ich mag keine Pappeln. Sie sind mir zu melancholisch.

29

»Madame Delorme, Sie haben Post.«
Eine Krankenschwester überreicht ihr den Brief kurz vor der nachmittäglichen Freizeitgestaltung im Gemeinschaftsraum. Marguerites Hand zittert, als sie den Umschlag in die Tasche ihrer langen Strickjacke schiebt. Gerade ist nicht der richtige Augenblick. Nicht jetzt. Später.

Ein Mann steht vor den Stuhlreihen. Neben ihm singt eine bunte abgenutzte Marionette bekannte Lieder, einige Bewohner stimmen ein. Die Nachbarin von Marguerite hustet ein wenig zu laut.

»Man wird hier wirklich wie ein Kind behandelt, ich bin nie gerne in den Zirkus gegangen, Zauberkünstler mochte ich auch nie, ganz zu schweigen von Bauchrednern. Warum zwingt man uns das auf?«

»Sie können doch auf Ihrem Zimmer bleiben«, entgegnet Marguerite.

»Auf meinem Zimmer langweile ich mich zu Tode.«

»Wie lange wohnen Sie schon hier?«

Marguerite wundert sich, wie mühelos sie mit der Frau ins Gespräch kommt, als wäre es ein Tag wie jeder andere auch. Sie weiß genau, dass der Brief in ihrer Tasche steckt. Sie fragt sich, warum sie ihn nicht einfach öffnet wie jeden anderen Brief. Wozu dieses Theater? Sie wird ihre Meinung nicht ändern, das steht fest.

»Ich weiß nicht mehr, wann ich hier eingezogen bin, aber ich bin mit den Jahren gelassener geworden. Das wurde auch Zeit, in meinem Alter«, antwortet ihre Nachbarin.

»Also gewöhnt man sich an das Leben hier?«

»Sie verstehen mich nicht. Hören Sie schlecht? Ich habe gesagt, dass ich Trübsal blase und meine Arthrose mein Wohlbefinden nicht gerade steigert.«

Die unbekannte alte Dame blickt aus dem Fenster.

»Der Wind frischt auf, die Pappeln beginnen gleich ihren Tanz, ich liebe dieses sanfte Wogen, das macht das Schicksal leichter erträglich. Mit zweiundachtzig Jahren lenkt man sich ab, wo man nur kann. Interessiert Sie diese groteske Marionette? Meine Lebensgeschichte beginnt mit einem Drama. Soll ich sie Ihnen erzählen? Setzen wir uns doch auf die Veranda, dort ist es ruhiger und wir sind den Bäumen näher.«

Marguerite reicht ihr den Gehstock, zupft die Weste zurecht, die ihr von der Schulter gerutscht ist, und hilft ihr beim Hinsetzen. Zum ersten Mal in ihrem Leben wird sie von einer Fremden ins Vertrauen gezogen.

Aus der Ferne hört man, wie die Marionette ein Lied von Charles Trenet anstimmt.

»Ich war noch ein kleines Mädchen, als der Krieg Dunkerque verwüstete. Ja, ich bin aus Nordfrankreich, vielleicht liebe ich deswegen den rauen Wind aus meiner Heimat. Wir wurden in jener Woche ganz furchtbar bombardiert, die Bomben fielen viel näher als sonst. Unser Haus wurde verschont. Ich frage mich in schlaflosen Nächten oft, ob es ein Wunder oder einfach Glück war. Bis zu jenem Samstagabend im November. Ich habe noch die Stimme meines Vaters im Ohr: ›Haut ab! Alle beide! Wir treffen uns am Rathaus.‹«

Die beiden alten Damen betrachten die sich wiegenden Pappeln. Die Krankenschwestern kommen und gehen, erledigen ihre Arbeit dilettantisch. Der Brief brennt ein Loch in Marguerites Tasche. Sie hofft, dass Marcel sie verstanden hat und dass von nun an alles wieder seinen gewohnten Gang geht.

»Ich habe die Decke genommen, unter der ich mich verkrochen hatte, und sie mir auf die Ohren gepresst. Mit riesigen Sätzen bin ich die Treppe hinuntergestürzt und habe panisch nach meiner Mutter geschrien. Dann war ich plötzlich auf dem Bürgersteig, mein Kleinmädchenkörper steckte in einem Wollkleid, und ich hielt die Decke in den Händen. ›Lauf!‹, schrie mein Vater aus dem Fenster in der dritten Etage. ›Wir kommen gleich nach.‹ Ich war noch nicht um die Ecke gerannt, da stürzte mein Zuhause ein und riss mein Leben mit sich. Eine Granate hatte meine Eltern zerfetzt. Was blieb, war ein klaffendes Loch in der Erde, umgeben von Trümmern. Ich habe nicht geweint. Ich habe nicht geschrien. Mein Körper ist in ein eiskaltes Meer getaucht, das einzige Gefühl, das ich noch verspürt habe. Die Tragödie ist in weite Ferne gerückt, Gott weiß, wie, aber ich habe beim Spazierengehen immer noch stets zwei Strickjacken und Strümpfe dabei, im Sommer wie im Winter. Die Zeit rast, nicht wahr? Kaum versieht man es sich, sitzt man im Altersheim. Und dazwischen einige schöne Dinge, die man genießen muss, sonst …«

»Wollten Sie zurückkehren und Ihre Eltern suchen?«

»Die Frage stellte sich mir gar nicht. Eine Frau nahm mich am Arm und zerrte mich bis zum Rathaus hinter sich her. Der Bombenangriff ging weiter, und sie drückte mich noch fester an sich, ich habe wild um mich geschlagen und geschrien, dass sie nicht meine Mutter sei, dass meine richtige Mama mit meinem Papa unter den Trümmern unseres Hauses in der Rue de Fraiseurs liege und dass alle meine Puppen dort auf mich warteten. Seit jenem Tag hat mich nie wieder etwas berührt. Ich wurde von Pflegefamilien in Heime weitergereicht, suchte Liebe und fand sie nicht, und habe zu nichts und niemandem eine Bindung aufgebaut. Und heute schlage ich bei einer Vorstellung mit einer nervtötenden Puppe im Gemeinschaftsraum eines Seniorenzentrums meine Zeit tot.«

Marguerite hat die Unterarme auf die Lehne des Sessels aufgestützt, ihr Blick ist auf den Park gerichtet, sie hält kurz inne, dann fragt sie sanft: »Waren Sie verheiratet?«

»Fast. Einen Mann habe ich sehr geliebt, aber ich habe es vermasselt und bin auf die Nase gefallen. An dieser Stelle mache ich Schluss, über alles andere möchte ich nicht sprechen, und es ist schon spät. Ich habe mich schon lange nicht mehr unterhalten, wie heißen Sie?«

»Marguerite. Und Sie?«

»Antoinette, aber ich wurde schon immer Nénette gerufen.«

Gleich gibt es Abendessen. Nénette stützt sich beim Aufstehen auf ihren Stock.

»Mein erstes Zuhause ist vor meinen Augen zusammengestürzt und hat meine Eltern unter sich begraben. Was kann einem danach noch Schlimmeres passieren? Von dieser Résidence Beaulieu weiß ich, dass sie die letzte Station meiner Reise sein wird.«

Langsam geht sie davon und wirft einen letzten Blick auf den Park, bevor sie den Speisesaal betritt.

»Es fängt zu regnen an.«

Marguerite ist allein auf der Veranda. Der Bauchredner hat seine Vorstellung beendet. Ihr wird die Leere in ihrem Leben bewusst, sie hat keine Freundin an ihrer Seite. Früher hatte sie ihre Schwester, aber vor knapp sechzig Jahren veränderte eine vereiste Straße den Lauf der Geschichte. Warum hing sie so an der Vergangenheit wie ein Hund an seiner Leine? Weder eine Freundin noch Liebe. Damit ging sie wenigstens nicht das Risiko ein, ein zweites Mal einen geliebten Menschen zu verlieren. Ihr hatte die Stärke gefehlt, aus dem Kokon auszubrechen, den Henri so sorgfältig gesponnen hatte. Eine Cousine am anderen Ende Frankreichs hatte von ihrer Mutter ein wenig Geld geerbt und vierundzwanzig Stunden später ihren Mann verlassen, dem sie dem Anschein nach etliche Jahre lang treu ergeben gewesen war. Diese Geschichte hatte Marguerite immer beeindruckt. Mit

Marcel war alles so einfach. Einfach und zugleich kompliziert wie das Spiel der Verführung, dessen Regeln sie nicht beherrscht. Deswegen ließ sich ihr ganzes Leben mit einem einzigen Wort zusammenfassen: »Hätte«. Sie hatte nie etwas gewagt. Diese plötzliche Erkenntnis vor den rauschenden Pappeln macht sie einen Augenblick lang benommen.

»Madame Delorme, soll ich Sie in den Speisesaal begleiten?«

»Ich komme schon, Mademoiselle.«

Sie weiß, was sie erwartet: Sie setzt sich auf den ihr zugewiesenen Platz, an den Wänden hängen Naturbilder, eine Landschaft in der Abenddämmerung, ein blauer See in einem Wald, eine Straße mit einem Kirchturm im Hintergrund. Diesen Abend auf der Speisekarte: Thunfisch, danach Königinpasteten. Einige Bewohner – die Glücklichen – dürfen ein Glas Wein trinken. Sie nimmt den Umschlag aus der Tasche und holt den Brief heraus. In der Ferne ertönt Stimmengewirr, das Essen wird nun ausgeteilt. Sie liest Marcels Worte, ihr Atem wird flach. Im Flur, der zu ihrem Zimmer führt, stehen Grünpflanzen, und Feuerlöscher hängen an den Wänden, eine schöne Dekoration, die vor allen Gefahren schützt. Frédéric wollte ihr Bestes und hat seinen Plan in die Tat umgesetzt. Der Platz am Tisch Nummer fünf bleibt leer. Kein Thunfisch, keine Königinpasteten für sie an diesem Abend.

Auf dem kleinen Tisch neben dem Empfang liegt das Telefonbuch, in dem sie seine Adresse gefunden hat. *Maisons-Laffitte*, Buchstabe G, *Guedj*.

»Hallo, ich bin's. Hol mich ab!«

30

Der Regen prasselt von allen Seiten gegen die Scheiben des Peugeots, man fühlt sich wie in einer Waschanlage. In einem einzigen langen Satz berichtet Marguerite von den vergangenen Tagen. Er stellt keine Fragen, ohne nachzudenken nimmt er sie mit zu sich nach Hause. Er parkt vor dem schmucklosen Gebäude und sagt bloß: »Du hast Mut gebraucht, um diesen Ort zu verlassen.«

»Das trifft den Nagel auf den Kopf. Ich habe mich endlich etwas getraut.«

»Ich bin glücklich.«

»Aber es war nicht allein Mut, sondern auch eine Verkettung von Umständen.«

Als sie ihre Tasche aus dem Kofferraum holen will, nimmt er sie fest in die Arme. Er stützt sie auf der Treppe, setzt sie in sein winziges Wohnzimmer, zieht ihr die Schuhe aus, hilft ihr beim Hinlegen, holt eine Wolldecke aus dem Schrank im Flur, die er ganz behutsam über ihrem geschwächten Körper ausbreitet. Er setzt sich neben sie, nimmt ihre Beine auf die Knie und massiert ihr lange die Füße. Augenblicklich lässt sie sich von dieser stillen und beruhigenden Atmosphäre einlullen.

»Die weißen Wände, all die vereinsamten alten Leute«, seufzt sie.

Er sagt leise: »Ich mache uns einen Tee.«

Marguerite betrachtet die Abenddämmerung, die sich über die Stadt legt, und erblickt auf dem Balkon alte Kartons. Daneben steht ein Teleskop.

»Dieses Mädchen aus Dunkerque ...«

Sie schläft auf dem alten Sofa ein.

Er stellt das Tablett auf den Couchtisch, setzt sich in den Sessel und wacht über sie. Er betrachtet ihr Gesicht, das in einem Albtraum zusammenzuckt, den weißen Verband, den verblassenden blauen Fleck auf der Hand, ihr zerzaustes kurzes Haar, und er erinnert sich, wie er am Tag ihrer ersten Begegnung Lust verspürte, ihr die Nadeln aus dem Haarknoten zu ziehen. Er denkt an ein Wort mit neun Buchstaben: *Intimität*.

»Mein Sohn hat Angst, dass ich zwielichtige Gestalten kennenlerne.«

Das hatte sie damals auf der Terrasse in Bagnères-de-Bigorre gesagt. Sie war errötet, das fand er charmant. Das sonderbare Gefühl, dass diese Frau auf ihn gewartet hatte, trifft ihn mitten ins Herz.

Er weiß nicht, wie lange er sie schlafend in seinem Wohnzimmer angeschaut hat. Irgendwann ist er kurz eingenickt. Als er im Morgengrauen aufwacht, ist er überhaupt nicht müde. Er steht auf, öffnet das Fenster und atmet tief ein. Sie ist da, und es fühlt sich für ihn ganz normal an. Er lässt ihr ein Bad einlaufen und dreht die Heizung auf. Er bleibt in der Nähe, hält sich aber im Hintergrund, lässt sie im heißen Wasser entspannen, den

Schaum genießen im gedämpften Schein der Lampe, die er ins Regal gestellt hat. Sie kommt ins Schlafzimmer – den viel zu weiten Flanellbademantel trägt sie mit großer Selbstverständlichkeit – und legt sich aufs Bett.

»Ich habe mir das Buch von Maupassant aus der Bibliothek ausgeliehen. Du hattest diese Worte vergessen: *Warum bewegten diese Schauer sein Herz? Warum griff es ihm in die Seele? Warum ward sein Körper matt?* Wärst du so gut, schließt die Vorhänge und legst dich zu mir?«

Im Flur klingelt das Telefon, und sie sagt schelmisch: »Besetzt, bitte nicht stören.«

Er schlüpft neben sie und flüstert: »Du hast recht, in unserem Alter sind geschlossene Vorhänge besser.«

Er entkleidet sie im Halbdunkel, das die faltige Haut kaschiert. Er erahnt ihren zarten Körper, ihren Po, ihren Bauch, ihren Hals. Sie senkt den Blick, er rückt näher zu ihr und legt seinen Mund auf ihre samtigen Lippen. Wie in Collioure. Wie fragile Artisten auf dem Hochseil bekennen sie schweigend, was sie zuvor noch nicht laut auszusprechen wagten: Angst, Verlangen und Schwindel.

Sie streicht ihm mit einem Finger über die Lippen, die Nase, streichelt seine zerfurchten Wangen, fährt eine bläuliche Ader auf seiner großen Hand mit der pergamentartigen Haut nach. Schluchten und Berge, jeden Fleck, jede Falte, sie möchte alles erforschen.

»Du hast ein breites Kreuz. Du warst sicher einmal sehr stark.«

»In einem früheren Leben.«

Sie fährt eine weiße Linie nach, die vom Schlüsselbein zur Schulter führt.

»Woher hast du diese Narbe?«

»Von einem grimmigen Tiger.«

Er schließt sie so vorsichtig in die Arme, als wäre sie eine Rose, streicht über ihre Rundungen. Öse für Öse öffnet er das unsichtbare Korsett, das sie all die Jahre getragen hat. Er atmet sie ein.

»Du riechst so gut.«

Marguerites Hände ertasten ihn wie magnetisch angezogen von seiner Haut, ihm gefällt das. Er erschauert, als ihre Hände an seinem Rücken nach unten gleiten, die Finger fühlen sich noch zarter an als in seinen Vorstellungen. Ohne Masken. Die Wahrheit des Seins. So alt und dabei so jung.

Er legt bedächtig den Daumen auf seine Augenbraue, streicht sie langsam glatt, zwei Mal, erst die linke, dann die rechte, und Marguerite lacht.

»Warum lachst du?«

»Weil ich glücklich bin.«

»Du bist fabelhaft.«

Ein Augenblick völliger Schwerelosigkeit. Sie haben Vorurteile, Vernunft und die Blicke der anderen hinter sich gelassen.

»Ich mag deinen Duft auch.«

Noch eine Umarmung, ein Blick, das Geräusch eines Flügelschlags. Ihre müden Körper erwachen aus einem langen Winterschlaf. Die Berührungen werden fordernder, die bislang schlummernde Energie bahnt sich pulsierend ihren Weg an die Oberfläche. Ungehemmt und aufgewühlt geben sie sich einander hin, Lust spiegelt sich in ihren Augen.

Das Fenster öffnet sich, der Vorhang weht zur Seite, ein Lichtstrahl fällt auf das Parkett. Der Frühling ist im Zimmer angekommen.

Sie schmiegt den Kopf an Marcels Brust und flüstert: »Das ist das erste Mal.«

31

Ich suche dich schon seit vierundzwanzig Stunden. Wo bist du?«

»Bei mir zu Hause.«

»Du lügst. Mir wird eine andere Nummer angezeigt.«

Marguerite sitzt bei Marcel auf dem Sofa, atmet tief durch und antwortet: »Ich bin zwar alt, lasse mich aber dennoch nicht ohne mein Einverständnis unter dem Vorwand, es handele sich um ein Gesundheitszentrum, in ein Altersheim stecken. Nénette sitzt schon seit zehn Jahren zwischen Königinpasteten und lächerlichen Bauchrednern fest.«

»Wer ist Nénette?«

»So behandelt man seine Mutter nicht!«

»Du solltest dich einmal gründlich untersuchen lassen …«

»Was meinst du damit?«

»Nur um sicherzugehen … ob bei dir im Kopf noch alles stimmt.«

»Man ist nicht gleich dement, weil man mit achtundsiebzig Jahren mit einem Mann schläft, bei dem es sich nicht um den verstorbenen Ehemann handelt.«

»Maman!«

»Was denkst du denn, Frédéric, ich habe noch Freude im Leben. Wirst du mir weiterhin vorschreiben, was ich zu tun und zu lassen habe?«

Sie legt auf und murmelt: »Mir reicht's jetzt.«

Sie hört, wie sich die Wohnungstür öffnet; Marcel kommt mit etlichen Tüten im Arm herein.

»Ich habe Brioches und Orangen gekauft. Was ist denn los? Du siehst aus, als wäre dir eine Laus über die Leber gelaufen.«

»Ich will mich nicht mit meinem Sohn verkrachen.«

Er stellt die Einkäufe für das Frühstück auf den Tisch.

»Möchtest du einen Kaffee?«

»Ein Tee wäre mir lieber.«

Sie wissen, dass sie auf Unverständnis treffen werden. Auf ihre eigene Art hatten beide Konflikte in der Familie nach Möglichkeit vermieden. Er setzt sich neben sie und streichelt ihr sanft über die Wange, sie sieht ihn an und flüstert ganz leise: »Das Leben ist kurz, ich könnte morgen sterben. Ich möchte mich mit niemandem streiten, weder mit meinem Sohn noch mit jemand anderem.«

Frédéric legt das Telefon weg.

»Und?«, fragt Carole.

»Sie hat einfach aufgelegt.«

»Du solltest daran denken, dass du ihr nie zugehört hast. Du willst, dass sie nach 18 Uhr zu Hause ist und dass in diesem verwaisten Haus alles beim Alten bleibt. Wozu das Ganze? Willst du deinem Vater gefallen?«

»Ich erkenne sie nicht mehr wieder. Ich mache das nicht für mich, sondern um sie zu beschützen. Man muss den Tatsachen ins Auge schauen, sie ist inzwischen eine alte Dame, doch sie sieht sich nicht so.«

»Du kannst froh sein, dass sie noch da ist. Entweder verlierst du sie früher als nötig, oder du findest dich mit ihren Entscheidungen ab.«

Nach zwei schlaflosen Nächten ruft er seine Mutter erneut an. Um ehrlich zu sein, hatte Docteur Dubois nicht das geringste Anzeichen einer Demenz oder einer beginnenden Senilität bei ihr festgestellt. Frédéric rechnet vielleicht zu Unrecht immer mit dem Schlimmsten.

»Maman, entschuldige, dass ich so grob zu dir war … Ich bin auf solche unvorhergesehenen Ereignisse nicht eingestellt. Ich kenne so etwas einfach nicht, ich habe mich immer an Papa orientiert.«

»Manchmal sollte man etwas Unvorhergesehenes wagen, das gilt auch für dich. Möchtest du nächsten Dienstag mit Carole und Ludovic zum Essen kommen?«

»Zu dir?«

»Nein, zu Marcel.«

Marcel und Marguerite wollen den Abend gemeinsam vorbereiten. Auf dem Markt sucht sie die schönsten Möhren, mehrere Stangen Lauch und Pilze aus. Marcel kümmert sich um die Kalbsschulter. Sorgfältig wählt er ein zartes Stück Fleisch aus. Halbe Sachen gibt es bei ihm nicht.

Sie gönnt sich Macarons mit Veilchenfüllung, die sie sofort genüsslich verspeist, und dabei fühlt sie sich wunderbar frei. Er lächelt, als er sie am anderen Ende der Einkaufspassage entdeckt.

Am Obststand treffen sie sich wieder, er nimmt ihr die Tüten aus der Hand und küsst sie genüsslich zwischen Kirschen und Rhabarber, als hätte er sie drei Tage lang nicht gesehen. In der Warteschlange – Einkaufskorb in der einen und Hundeleine in der anderen Hand – unterbrechen zwei Kundinnen ihre Plauderei.

»Ist das nicht Maguy Delorme, die Frau vom Notar?«

»Sie hat sich die Haare geschnitten!«

»Noch nicht mal ein Jahr Witwe und geht schon so aufgebrezelt aus dem Haus.«

»Er ist viel jünger als sie. Einfach peinlich!«

»Ein Skandal in Maisons-Laffitte!«

Die beiden Hunde schnüffeln sich gegenseitig am Hintern, während am anderen Ende der Leine das schamlose Getratsche weitergeht.

Die Walderdbeeren seien in diesem Jahr wunderbar, sagt der Händler. Marguerite verspricht, dass sie sie Anfang Juli, wenn sie reif sein würden, probieren würden, und ist überrascht, dass sie etwas derart Banales so sehr erfreut. Beinahe hätten sie das Dessert vergessen. Marcel schlägt Cheesecake vor, sie haben beide weder Walderdbeeren noch diesen Kuchen jemals ausprobiert, entscheiden sich aber lächelnd für das Abenteuer. Ludovic wird den Kuchen lieben und Carole bestimmt überrascht sein. Jahrelang hatte Marguerite ihnen immer Saint-Honoré-Torte aus der besten Patisserie am Ort vorgesetzt.

In Marcels Küche herrscht völliges Durcheinander. Wie in einer hektischen Großküche wird hantiert, probiert und das Rezept zum fünften Mal durchgelesen. Die Möhren müssen ein wenig feiner geschnitten werden, zur Feier des Tages nehmen sie das gute Fleur de Sel.

Marcel trägt eine Schürze, er ist der Küchenchef. Auf der Karte steht: Kalbsfrikassee à la Marcel mit Gewürznelken, reichlich Sahne und ganz zum Schluss einem Glas Weißwein und Sauerampfer. Eine gute Portion füllt er in einen kleinen Topf, den er gleich zu seiner Nachbarin bringt. Sie hat vor einigen Monaten ihren Mann verloren, und er ärgert sich, dass er nicht schon früher einmal nach ihr geschaut hat. Marguerite denkt an Nénette, sie könnten sie demnächst einmal in der Résidence Beaulieu abholen und sich dann zu dritt auf die Bank mit Blick auf den gleichmütigen Hector setzen.

Er zeigt ihr, wie man den Lauch in feine Streifen schneidet, sie schaut aufmerksam zu. Einfach, weil sie gerne in seiner Gesellschaft ist, ihn gerne beobachtet, wie er mit dem Holzlöffel im Schmortopf rührt oder auf der Suche nach vollendetem Geschmack noch eine Prise Muskat hinzugibt. Laut liest sie das Rezept für den Cheesecake vor und fragt sich, ob Himbeereis aus der Tiefkühltruhe nicht eine bessere Idee gewesen wäre. Das vor sich hin köchelnde Frikassee erfüllt die ganze Wohnung mit einem Duft nach frischen Kräutern. Marguerite fühlt sich immer heimischer in dieser winzigen Bleibe, der Anblick der silbernen Lampe ihrer Eltern beruhigt sie, genauso wie das Bild, ein Geburtstagsgeschenk ihrer Schwester, und neben dem Bett auf dem kleinen Nachttisch liegt *Madame Bovary*. Den Schrank, in dem die Basttasche liegt, öffnet sie nicht. Bisweilen versetzt ihr die Eifersucht einen Stich, aber sie weiß, dass man einige Türen besser verschlossen lässt.

Inzwischen hinterfragt sie diesen Mann mit der harten Schale und dem weichen Kern nicht mehr so häufig, diesen Mann, der mit einer Taschenlampe durch die Wohnung schleicht, um sie nicht zu wecken, der mit dicken Strümpfen schläft, auf dem Balkon Chaâbi-Musik trällert und dessen bester Freund im Zoo lebt. Diesen Mann, der sie vorwarnt, dass er schmollen wird, wenn sie zu viel Line Renaud hört, aber nach fünf Minuten wieder aufhört, weil er eigentlich nicht gerne beleidigt tut. Diesen Mann, der sie Turteltäubchen und Goldspatz nennt. Sie genießt das alles.

Er lässt sie die Sauce mit geschlossenen Augen probieren, sie ist ihr zu stark gepfeffert.

»Man muss immer ein wenig mehr würzen als im Rezept angegeben, sonst wird das Gericht wie das Leben: zu fade.«

Mit einem Kuss verleiht er seiner Aussage Nachdruck.

Zur Feier des Tages hat er eine neue Tischdecke gekauft, sie deckt ein und betrachtet dann das Gesamtbild. Alles soll perfekt sein. Heute kommen keine feinen Herrschaften und keine Maria, die das Tafelsilber poliert. Alles ist unaufgeregt normal, wie in ihrem bescheidenen Elternhaus, wo es beim Essen immer zwanglos und gesellig zuging.

Manou kommt als Erste, sie bringt eine Flasche Burgunder mit. Eine große Brünette mit üppigem Dekolleté und eine zierliche weise Frau – eine Romanfigur mit großen grauen Augen – schauen sich an. Sie sind beide nicht sonderlich erstaunt, die Chemie stimmt, das erleichtert sie.

»Hm, das riecht aber lecker.«

Manou nimmt den Deckel ab, stippt einen Finger in die Sauce und leckt ihn ab. Anschließend legt Marcel den Deckel gleich wieder auf den Topf wie damals, als sie noch klein war.

»Papa kocht mal wieder, das ist schön.«

Es klingelt drei Mal. Zwei Halbwüchsige, deren Eltern sich zum ersten Mal treffen, erstarren inmitten der geschäftigen Küche.

»Das wird schon«, sagt Manou.

32

Marcel öffnet einem riesigen Strauß roter Rosen die Tür. Dahinter entdeckt er Frédéric, es ist die erste Begegnung.

»So eine große Vase haben wir bestimmt nicht.«

Frédéric schüttelt Marcel die Hand und blickt sich um; wegen dieses Schuhkartons war seine Mutter also aus der Vier-Sterne-Résidence geflohen.

Carole hat Marguerite seit dem Vorfall im Pflegeheim nicht mehr gesehen. Sie weicht diesem unangenehmen ersten Augenblick aus, indem sie sich um die Rosen kümmert; sie sucht eine Vase für die langen Stiele, findet keine und legt den Strauß schließlich ins Waschbecken im Bad.

Ludovic wirft sich Marcel in die Arme.

»Papa wollte den allergrößten Strauß.«

»Wie geht es meinem kleinen Rennfahrer?«

Der Kleine ist stolz wie Oskar, weil er mit seiner Lehrerin zu Abend isst, und wirbelt vom Tisch zum Teleskop. Marcel zeigt ihm den Polarstern: den ersten Stern am Himmel in der Abenddämmerung und den letzten im Morgengrauen. Er verspricht dem Kleinen, dass er ihm in einer wolkenlosen Nacht den Stern Margarita zeigen würde.

»Vielen Dank, dass Sie sich um meinen Sohn kümmern. Er hat keinen Großvater mehr, Ihre Fürsorge rührt mich.«

Frédéric erblickt das Aquarell, das bei seinen Eltern auf dem Kaminsims stand und nun hier im Esszimmer hängt.

Manou hebt ihr Glas auf die Gesundheit des glücklichen Paares und blickt dabei Notar Delorme fest in die Augen, während er auf seiner Unterlippe kaut. Mit fester und fröhlicher Stimme sagt sie: »Ich denke zurück an all die Abende, wo ich meinen Vater aus Angst nicht angerufen habe, der Kummer könnte ihn überwältigt haben. Das Leben hält wirklich schöne Überraschungen bereit.«

Marcel nimmt Marguerites Hand.

Man spricht über den Regen, der seit drei Tagen niederprasselt, und über Ludovics Fortschritte beim Tennis. Alle loben Marcels Kalbsfrikassee. Und Carole verkündet in die Runde: »Ich habe noch nie einen besseren Cheesecake gegessen.«

Marcel trinkt einen Schluck Wein, räuspert sich und erklärt, dass er mit Marguerite in die Cevennen fahren möchte, wo sie hoch oben in den Baumwipfeln schlafen würden.

»Ein Baumhaus in fünf Metern Höhe inmitten unberührter Natur.«

Frédéric zuckt zusammen.

»Und ihre Knie? Das ist doch Wahnsinn. Selbst wenn sie es hoch schafft, runter kommt sie bestimmt nicht mehr.«

»Ihr sind Flügel gewachsen«, entgegnet Marcel.

Er weiß, wie die Wirklichkeit vielen verrückten Wünschen einen Strich durch die Rechnung macht, und schmiegt unter dem Tisch sein Bein gegen Marguerites Bein. Eines Tages klettert man auf einen Baum und weiß nicht, dass es das letzte Mal ist.

Carole sieht die beiden sanft an und wendet sich dann an ihren Mann.

»Und du, Frédéric, wann entführst du mich mal in ein Baumhaus? Wo du dir die Ärmel hochkrempelst und den Korb mit dem Rotwein und dem Camembert hochziehst?«

»Ich möchte dich darauf aufmerksam machen, dass ich heute keine Krawatte trage und du das nicht bemerkt hast. Genau wie meinen Dreitagebart. Ich versuche, mit der Mode zu gehen, aber du siehst nur meine steife Seite«, erwidert Frédéric.

»Letzte Woche hast du mir einfach so ein Geschenk gemacht, eine Bonbonniere, wie ich beim Auspacken feststellte. So etwas schenkt man seit dreißig Jahren nicht mehr! So viel zum ›Mit der Mode gehen‹ … Manchmal verstehe ich dich wirklich nicht.«

Der ganze Tisch lacht, um das Unbehagen zu überspielen. Dann dreht sich das Gespräch um den neuesten Film von Meryl Streep, gleichgeschlechtliche Ehe und darum, dass in einigen Straßen von Maisons-Laffitte die Fahrtrichtung geändert werden soll. Ludovic ist auf dem Sofa eingeschlafen. Ohne böse Worte und falsche Versprechen, das Ganze sehr bald zu wiederholen, geht der Abend zu Ende. Carole weckt den Jungen und verspricht ihm, dass er bald wiederkommen darf.

Frédéric flüstert Marcel zu: »Für mich ist das alles neu. Mein Vater ist im vergangenen Jahr verstorben, und mir fällt es nicht leicht, meine Mutter jemandem anzuvertrauen, den ich kaum kenne.«

Er küsst Marguerite unbeholfen auf die Wange. Sie vergisst, sich für die Blumen zu bedanken; in der Wohnung kehrt wieder Ruhe ein.

Marcel ist stolz auf die kleine warmherzige Ansprache, die Manou völlig selbstverständlich gehalten hat, ganz Noras Tochter. Es war kein gewöhnliches Familientreffen. Ihm hatte es besonders gefallen, sein Bein an Marguerites zu drücken, glücklicherweise war die Tischdecke nicht zu kurz. Darüber verlor er den Faden der Unterhaltung und träumte von dem Augenblick, in dem sie wieder ungestört sein und er sie in den Arm nehmen würde.

»So, das haben wir geschafft«, sagt sie.

»Das war eine gute Idee von dir.«

»Ich bin glücklich.«

»Du siehst müde aus.«

Als er beim Essen ihre Hand nahm, hat sie den Atem angehalten, dann hat sie seine Liebkosungen erwidert.

»Ich bin nicht ans Verliebtsein gewöhnt.«

33

Marguerite liegt zusammengerollt unter einer molligen Daunendecke neben Marcel und kann nicht einschlafen. Sie fühlt sich wie auf dem Drahtseil kurz vor dem Fall, und der orangefarbene Schein der Straßenlaterne wirft tanzende Schatten auf den Schirm der Hängelampe, was ihre Angst noch verstärkt.

Er überrascht sie gerne und hat eine charmante Unterkunft voller Bücher und Reisefotografien ganz nach Marguerites Geschmack gebucht. Am Nachmittag hat es wie aus Eimern geschüttet, das große Wohnzimmerfenster bietet einen schönen Blick auf den überfluteten Garten, sie haben es sich am Kamin bequem gemacht. Marguerite, die fast schon erstaunt war, dass sie die Sonne nicht vermisst, entspannt sich auf dem Sofa.

Die Eigentümerin sammelt Teekannen, sie stehen an jedem freien Platz und auf eigens dafür angebrachten Regalen. Aus Porzellan, Gusseisen, mit kunstvoll gearbeiteten Tüllen. Begeistert hatte sie ihnen die Geschichten einiger Kannen erzählt, ein nahezu sinnliches Erlebnis.

»Ich bin eine lustige Witwe, die Teekannen haben mich gerettet.«

Mit einem Blick auf Marcel dachte Marguerite, dass jeder seinen eigenen Rettungsring hat.

Wenn sie ihn schon mit zwanzig Jahren kennengelernt hätte, hätten sie dann jeden Sonntagmorgen umgeben von Vogelgezwitscher und Kinderlachen Waffeln gebacken? Hätte die ganze Familie anschließend teigverschmierte Gesichter gehabt? Vielleicht hätten sie in einem alten Landhaus gewohnt, mit drei Ziegen und fünf Schafen, und sie hätte gerufen: »Marcel, wenn du die Hühner gefüttert hast, musst du die Sahne kosten, ich habe ein neues Rezept ausprobiert. Jetzt können wir sie verkaufen!«

Mitten in der Nacht in dem kleinen Schlafzimmer spielt sie die Hauptrolle in dieser Traumwelt. Knirpse, die auf den Wiesen umhertollen, Jod für aufgeschürfte Kinderknie, zahlreiche Besucher, die um den großen Holztisch sitzen; in dieser ländlichen Idylle hat sie das Sagen.

Wann hatte sie ihre Wünsche aus den Augen verloren?

Unter dem Schrank sieht sie zwei große Welse. Eigentlich sind es bloß Zierkrüge, die sich in den nächtlichen Schatten verwandelt haben.

Sie weiß, dass sich trotz des gelungenen Abendessens bei Marcel die Essen mit der Familie an einer Hand abzählen lassen werden, und sie erzittert wegen dieser Liebesgeschichte und des grundlegenden Umbruchs im Herbst ihres Lebens. Sie ist verrückt nach seinen Zärtlichkeiten und fürchtet eine Abhängigkeit von dieser angenehmen Droge, dieser süßen Droge. Am Vorabend hat er ihr dieses Gedicht unters Kopfkissen gelegt:

Man spricht oft von dieser Person
Mal bettelt sie, mal lacht sie voll Hohn
Ist völlig von Sinnen, dreht Kapriolen
Und lächelt danach ein wenig verstohlen.

Man spricht von ihr wie von einem Gedicht
Das Schaudern und gleichzeitig Freuden verspricht
Rätselhaft, charmant, ihr Wesen
Lässt sich an Lachen und Weinen ablesen.

Man spricht von ihr, wenn man sich traut
Und sich tief in die Augen schaut;
Nachts, wenn wir zusammenkamen
Flüsterten voll Wonne wir ihren Namen.

Man spricht von ihr, selbst wenn man sie nicht versteht
Oder sie einem den Kopf verdreht
Sie einen zerbricht und in Stücke zerfetzt
Wird die Suche nach ihr trotzdem fortgesetzt.

Man spricht von ihr so oft und galant
Dass sie dir eines Tages reicht die Hand
Und diese Vagabundin mit Vornamen Liebe
Trägt einzig und allein deine Züge.

Dieser Mann versetzt sie in Aufruhr. Wird sie seine Erwartungen erfüllen können? Wie lautet die Gebrauchsanweisung für die Liebe, wenn man nicht einmal mehr auf einen Stuhl steigen und eine Glühbirne wechseln kann? Männer werden reifer, Frauen älter. Oder ist es andersherum? Soll sie auf ihr Bauchgefühl hören? Wenn ihr doch bloß jemand eine Antwort geben könnte.

Um fünf Uhr morgens hat sie einen Geistesblitz. Einige Ehefrauen von Honoratioren der Stadt haben trotz der Missbilligung ihrer Gatten diesen Schritt gewagt, und sie ist fest entschlossen, es ihnen gleichzutun. Noch eine Dummheit mehr wäre nun auch schon egal, aber sie schwört sich, dass niemand von diesem Geheimnis erfahren wird. Noch nicht einmal Marcel. Diese plötzliche Entscheidung beruhigt sie schließlich, und sie schläft ein, im sanften orangefarbenen Licht der Straßenlaterne, die Welse unter dem Schrank hervorbringt.

Auch eine Woche später ist sie noch fest dazu entschlossen. Sie tut so, als würde sie Besorgungen machen, und schlägt den Weg zur Pferderennbahn ein. In einer trotz des sonnigen Morgens finsteren Gasse erinnert sie sich, dass ihre Schwester auch einmal zur Wahrsagerin gegangen war und anschließend kein Sterbenswörtchen darüber verraten hatte. Marguerite hatte bloß aus ihr herauskitzeln können, dass die Offenbarung für sie erschreckend war. Sie würde gerne gewisse Episoden aus Hélènes Leben nacherleben, sehnt sich danach, die Schwester, wenn auch nur als Illusion, bei sich zu haben.

An der Tür des bescheidenen Hauses steht *Klingel defekt*, und als die Eigentümerin öffnet, weiß Marguerite nicht, was sie sagen soll. An der Wand hängen alte Fotos von Rennpferden beim Training. Nichts weist darauf hin, dass sie am richtigen Ort ist.

Madame Delvaux stammt ursprünglich aus Belgien;

im Viertel erzählt man sich, sie habe vor fünfundzwanzig Jahren den Tod von König Baudouin für den Sommer 1993 vorhergesagt und damit einen Volltreffer gelandet.

Mit einem freundlichen Lächeln bittet die Seherin sie, die Karten langsam zu mischen, mit dem Gesicht nach unten auszubreiten, mehrmals mit der Hand darüberzufahren und dann konzentriert vier Karten auszuwählen. Weder Kristallkugel noch schwarze Katze, wie beruhigend. Sie dreht die erste Karte um.

Der Name der Symbole hallt in ihrem Kopf nach, aber die melodiöse Stimme dieser eleganten brünetten Frau lullt sie ein. Sie hätte viel früher kommen sollen.

Madame Delvaux sagt ihr die Zukunft voraus, und Marguerite erschaudert, weil die Karten so viel wissen. Sie hört:

»Die Sonne und eine bessere Welt ... Der Mond, der das Unbewusste heraufbeschwört, die verdeckten Kräfte und eine mögliche Desillusionierung.« Sie erzittert, als die Karte der Schlange aufgedeckt wird: Sie sieht sich schon ohne Umwege in die Hölle wandern. Vor der Séance hatte ihr die Wahrsagerin eine Tasse Tee angeboten, aber Marguerite bekommt keinen Schluck hinunter. Angst erfasst sie, als hätte sie soeben erfahren, dass das Leben hier zu Ende gehen würde, in diesem Haus, vor schwarzweißen Kunstdrucken von Rennpferden.

Eine Karte liegt noch verdeckt auf dem Tisch. Madame Delvaux erklärt ihr, dass der Stern – Symbol für Frieden, Schutz und Glück – am Ende der Ziehung einen guten Ausgang der Dinge vorhersagen würde.

»Hören Sie auf!«

Marguerite zahlt und lobt die Pferdebilder, um die Missstimmung zu überspielen, so, wie man auch mit seinem Arzt über alles und nichts spricht, um die Verkündung einer Diagnose hinauszuzögern.

Einige Augenblicke später ist sie wieder auf der Straße, presst ihre Handtasche fest an sich. Sie geht langsamer, als sie möchte, Schmerzen sind niemals weit, wenn man alt wird. Sie hätte sich mit Erkundigungen über ihre vermaledeiten Knie begnügen sollen, damit wäre sie auf der sicheren Seite geblieben. Sie will die Zukunft nicht kennen. Sie weiß, dass sie das Beste hoffen sollte und dass das Leben immer schöne Überraschungen bereithält, selbst wenn schreckliche Dinge geschehen. Die alte Dame in der Résidence Beaulieu kannte die Wahrheit. Ein Leben, das den Trümmern trotzt.

Auf dem Rückweg zu Marcels Wohnung kauft sie Mehl und Eier im Lebensmittelgeschäft. Heute Nachmittag will sie belgische Waffeln machen.

34

Zwei ungehorsame Racker, das ist aus uns geworden. Bei uns gehen gute Ratschläge wie: »Seid vorsichtig. Ihr werdet euch erkälten. Das ist unvernünftig. Schaut doch lieber Fernsehen«, zum einen Ohr rein und zum anderen wieder raus. Wir wollen nicht vernünftig sein, und wir kennen die Titelmelodie von *Glücksrad* in- und auswendig. Wenn wir die ganze Zeit sitzen, tut uns der Hintern weh. Wir brauchen Koffer und Reiseführer zu unserem Glück, wollen uns an neuen, endlosen Horizonten erfreuen, noch einmal eine Luftveränderung genießen, unsere alten Knochen in der Sonne wärmen, die verschiedensten Düfte einatmen, die Kirche eines kleinen Dorfes besichtigen, das wir noch nicht kennen. Das Leben bis zum Ende auskosten, solange wir noch genug Kraft haben und die Beine einen kleinen Umweg mitmachen. Wir sind Quasselstrippen durch und durch, wir plappern wie Stumme, die wieder sprechen gelernt haben. Wir wollen unbedingt jede Sekunde nutzen, selbst wenn wir uns nach der Rückkehr eine Woche lang ausruhen müssen.

»Und wenn ich dir die unendlichen Weiten zeigen würde, mein Täubchen?«

»Mein Weltenbummler hat also wieder Fernweh.«

»Ich möchte mal wieder etwas Neues sehen.«

»Gut, am Montag geht's los.«

Im Land der Zigeuner grasen Wildpferde und Stiere Seite an Seite, die Hütte ist wie aus dem Bilderbuch, ganz aus Holz, mit Fensterläden, die den Blick auf einen verwunschenen See freigeben, gegen die Mücken helfen Kerzen mit Zitronenduft. Dieses Mal führt die Reise sie in die Camargue.

»Wir fahren ohne Übernachtung durch, und wenn wir ausgepackt haben, wandern wir um den See und schauen uns an, wie sich die Farben mit dem Lauf der Sonne ändern. Anschließend zählen wir Flamingos.«

Am ersten Abend sehen wir fünfzehn langbeinige rosafarbene Schönheiten. Frei und majestätisch fliegen sie in die Abenddämmerung. Wir berücksichtigen unsere unterschiedlichen Bedürfnisse: ein dicker Seemannspullover, ein für die Jahreszeit zu leichtes Kleid; Ausgelassenheit für die eine, Zurückhaltung für den anderen. Wir ändern uns nicht mehr, und dieses Mal verstehen wir das nicht erst nach fünfzig Jahren – der Vorteil der späten Liebe.

Am nächsten Tag krempeln wir die Hosenbeine hoch und planschen mit den Füßen im See, dabei haben wir uns untergehakt, damit wir im Matsch nicht ausrutschen.

»Viel besser als Schlammbäder.«

»Und vor allem ohne Wecker.«

»Und ohne Kröten mit Flapperschlappen.«

Das Wasser ist kalt, und wir schreien auf, weil uns etwas Glitschiges an den Waden streift.

»Meinst du, das war ein Piranha?«

»Nein, nur eine Alge, meine Süße.«

»Ich habe achtundsiebzig Jahre lang gewartet, um mir die Strümpfe auszuziehen und in Gesellschaft eines Mannes meine Füße in einen See zu tauchen.«

Wir sitzen auf einem Stein, unsere Handgriffe sind bedächtig. Selbst Strümpfe anziehen ist mühsam geworden, und wir ärgern uns. Dann lächeln wir über unsere Gereiztheit.

»Es gibt noch viel schwierigere Dinge, die wir eines Tages durchleben werden.«

»Zusammen?«

»Ruhe jetzt, du Dummkopf, binde dir die Schnürsenkel zu.«

In Saintes-Maries-de-la-Mer in der Krypta unter dem Altar flackern Tausende Kerzen vor Fotos und Briefen der Fahrenden mit Bitten an die heilige Sara. Wir werden nie wieder hierher zurückkehren, die Gewissheit verleiht diesen Stunden einen besonderen Zauber.

»Ich frage mich, womit ich ein solches Glück verdient habe, Marcel. Ich kann mich nicht hinknien, weil ich dann vielleicht nicht wieder hochkomme. Sonst würde ich dich fragen, ob du den Rest deiner Tage mit mir verbringen möchtest.«

»Vielleicht würde ich antworten: ›Ja, mein Täubchen, das will ich.‹«

Die Rückfahrt gestaltet sich weniger friedlich. Als würde uns das Leben manchmal für Wagemut bestrafen. Wegen Kleinigkeiten geraten wir uns in die Haare. Eine Zylinderkopfdichtung geht kaputt. Wir mussten auf dem Standstreifen anhalten und wie zwei Schiffbrüchige an der Straßenböschung auf den Pannendienst warten.

»Ich gehe zu Fuß nach Hause.«

»Mit deinen Knien wirst du nicht querfeldein losspazieren, außerdem hat der Regen den Boden aufgeweicht.«

»Ich habe immer gehört, dass die Gefahr sehr gering sei, auf dem Seitenstreifen der Autobahn zu überleben ...«

Hier stehen wir nun, zwei Alte in Warnwesten in leuchtendem Neongelb, die einander beschimpfen und dabei wütend mit den Armen fuchteln. Mit der Ankunft der Pannenhilfe sind die Fluchtpläne vom Tisch.

Die Diagnose des kleinen, untersetzten Glatzkopfs ist eindeutig: Wenn wir nach Hause wollen, müssen wir den Zug nehmen. Wir haben beide große Angst, dass uns dieses Abenteuer zu viel werden könnte, und beruhigen uns gegenseitig. Der Mechaniker hilft uns beim Einstieg in die Fahrerkabine des Abschleppwagens. Zwischen einem Kalender mit Pin-up-Girls und einem Bild von zwei kleinen Kindern im Arm ihrer Mutter macht sich unser sonderbares Trio auf den Weg zum Bahnhof in Avignon. Der kleine Mann mit dem kahlen Kopf erzählt uns von den Pannen anderer Autofahrer und der Geduld, die ihre Launen manchmal strapazieren.

»Einmal wollte einer sogar in meinem Laster schlafen. Seltsame Menschen gibt es überall.«

Wir lachen über die neue Erfahrung, die witzigen Begebenheiten können wir später Ludovic erzählen.

Als wir am Ziel angekommen sind, überlegen wir kurz, ob wir unsere Kinder anrufen sollen, damit sie uns abholen. Schließlich entscheiden wir uns dagegen, aus Angst, dass unser erneuter Ausbruchsversuch durchkreuzt werden könnte.

Das Hotel am Bahnhof macht uns schöne Augen, wir wollen unser Glück ganz auskosten und flüstern uns gegenseitig ins Ohr:

»Wir könnten uns doch noch eine zusätzliche Feriennacht gönnen.«

»Aber nur, wenn noch ein Zimmer mit Doppelbett frei ist.«

35

Wie an jedem Morgen seit zehn Jahren hat Marcel ihr eine Tasse Tee ans Bett gebracht, bevor beide gemeinsam in der Küche frühstücken. Er hat sie mit einem Kuss geweckt, ihr ein zweites Kopfkissen hinter den Rücken geschoben, damit sie bequem sitzt, und hat sich dann wieder zu ihr gelegt, um seine Atemübungen zu machen.

»Ich würde gerne nach Paris fahren«, murmelt Marguerite.

»Geht es dir hier nicht gut?«

»Und wenn wir einfach heute fahren? Das letzte Mal ist schon so lange her.«

»Das stimmt, Paris fühlt sich wie am anderen Ende der Welt an, dabei sind es nur achtzehn Kilometer.«

»Ich würde so gerne die Place des Vosges und die Grands Boulevards noch einmal sehen.«

»Das wird ziemlich anstrengend, aber für dich, mein Täubchen, tue ich einfach alles.«

»In unserem Alter können wir uns von Zeit zu Zeit eine Verrücktheit erlauben.«

»Der Peugeot hat seine Launen, und die Treppen der Metro sind zu steil. Ich spendiere dir ein Taxi, und wir spielen japanische Touristen.«

Marguerite hat sich für ein Sommerkleid entschieden, dazu eine Blumenjacke und ein fliederfarbenes Dreieckstuch aus der hintersten Ecke des Schranks, das sie schon ganz vergessen hatte. Sie lächelt sich im Badezimmerspiegel an, Marcels und ihr Blick treffen sich, seine Augenbrauen sind inzwischen so schlohweiß wie sein Haar. Er kniet sich hin und schließt ihr liebevoll die Schuhriemen. Sie findet ihn elegant in seinem Leinenanzug, den er schon seit Jahren nicht mehr getragen hat. Er nimmt seinen Spazierstock, und die alten Liebenden steigen vorsichtig die Treppen hinab, nachdem sie den Gashahn zugedreht und zweimal nachgesehen haben, ob die Tür richtig abgeschlossen ist.

Im Taxi verkündet sie, dass sie zunächst den früheren Wohnort ihrer Schwester besuchen möchte: Quai de Valmy vor dem Kanal Saint-Martin, deswegen lassen sie sich dort absetzen. Mechanisch liest sie die Namen auf dem Briefkasten: Lebrun, Renard, Benzaken, Bartolini.

Namen werden ebenso wie Leben einfach ausradiert, aber das Gebäude aus grauem Stein steht immer noch unversehrt da. Auf dem Fensterbrett im Erdgeschoss topft eine Frau mit krummem Rücken Geranien ein.

»Kann ich Ihnen helfen?«

»Ich wollte mir noch einmal anschauen, wo meine Schwester Hélène Jacquet gewohnt hat.«

Langsam richtet sich die Gärtnerin auf. Hélène Jacquet, sie erinnert sich dunkel, etwas Genaueres fällt ihr nicht ein.

»Vielen Dank, Madame, einen schönen Tag noch, Ihre Geranien sind wunderschön.«

Erinnerungen sind grausam, deswegen gibt man sich manchmal Fantasiegebilden hin. Marcel möchte sich den Bahnhof anschauen, wo er 1954 mit seinen Eltern angekommen ist. Das Taxi setzt sie vor dem Haupteingang ab. Die Holzbänke von früher sind verschwunden, das Gebäude ist stark verändert, mit Tränen in den Augen will er sich den Ort zurückerobern. Zärtlich streichelt Marguerite ihm über die Wange. Wie hält man diese schwindelerregenden Rückblenden bloß aus?

Sie verlassen den Bahnhof und streifen auf wackligen Beinen durch das schnelllebige, wilde Paris. Wieder und wieder erfreut sich Marguerite an der Schönheit der Stadt unter der Junisonne.

Gemeinsam entscheiden sie, das Haus von Victor Hugo unter den Arkaden der Place des Vosges zu besuchen. Sie stützen sich aufeinander, haken sich unter, klammern und schmiegen sich aneinander. In der lärmenden und hastigen Stadt singen Marcel und Marguerite ein Loblied auf die Langsamkeit. Victor Hugo scheint zeitlos zu sein, das beruhigt sie einen Augenblick lang.

Marcel lädt sie in einem Bistro in der Rue des Francs-Bourgeois zu einem Cappuccino ein – Gift für ihre empfindlichen Mägen, wie er sagt. Marguerite bemerkt ihre ständigen Schmerzen im Steißbein, die manchmal plötzlich überhandnehmen.

»Seitdem uns Docteur Dubois verlassen hat, habe ich in Maisons-Laffitte keinen guten Arzt mehr gefunden.«

»Mach dir keine Sorgen, wir kümmern uns morgen darum. Heute genießen wir erst einmal Paris.«

Sie beenden ihren Ausflug mit einer Fahrt auf der Seine. Sie sind schon häufiger in einem Boot unterwegs gewesen: Marcel hatte auf einer Karte von Frankreich alle schiffbaren Wasserstraßen eingekreist, und sie hatten einander versprochen, jedes Jahr einen Fluss hinunterzufahren. Die erste Reise führte sie von Rennes nach Nantes. Sie hatten Glück, wie die Bretonen sagen, mehrmals am Tag war schönes Wetter. Marcel spielte Kapitän, und Marguerite winkte Spaziergängern auf den Treidelpfaden zu. Sie belegte Kurse in Aquarellmalerei und versuchte sich an einer Serie mit Bildern von kleinen Häusern entlang der Schleusen. Abends zeigte sie ihm stolz ihre Skizzen, und er entgegnete lächelnd, dass an ihr ganz sicher keine große Zeichnerin verloren gegangen sei. Einige Jahre später musste er sich eingestehen, dass auf dem Canal du Midi die letzte Reise stattfinden würde.

Zwischen der Pont de l'Alma und der Pont Neuf flüstert sie, dass sie Docteur Dubois viel zu verdanken habe.

»Ich habe dir vorhin beim Cappuccino schon gesagt, dass wir uns morgen darum kümmern; genieße jetzt den Himmel und die Sonne über Paris, mein Täubchen.«

»Ich habe ihm viel zu verdanken«, beharrt Marguerite. »Er hat mich nach Bagnères-de-Bigorre geschickt, ohne ihn hätten wir uns nie kennengelernt. Mit dir ist einfach alles schön … Vor unserer Begegnung habe ich auf Sparflamme gelebt, mit dir zusammen bin ich ein glücklicherer Mensch geworden. Ich danke dir für diesen wundervollen Tag.«

In ihrer Tasche befindet sich die Karte, die sie vor einigen Jahren bei der Wahrsagerin stibitzt hat, während diese nach Wechselgeld suchte. Manchmal schaut sie sie an, ohne die Bedeutung zu verstehen. Ein alter Mann in einer Kutte, einen Stab in der einen und eine Sturmlaterne in der anderen Hand. *Der Eremit* steht in roten Lettern geschrieben.

Marcel küsst sie zärtlich. Und die Wolken über ihnen schweben weiter miteinander um die Wette.

»Du bist die Überraschung, auf die ich nicht gefasst war. Ich hatte nie Glück im Spiel, aber an jenem Tag auf der Terrasse habe ich das große Los gezogen. Von Ludo ganz zu schweigen. Ich darf nicht vergessen, heute Abend den Umschlag für ihn fertig zu machen.«

Morgen haben sie gleich doppelt Grund zum Feiern. Ludovic hat das Abitur bestanden, und er will ihnen seine neue Freundin vorstellen. Sie arbeitet im *L'Heure bleue*, dem neuen Café in Maisons-Laffitte.

An der Anlegestelle drückt Marguerite Marcels Hand ganz fest, sie möchte ihn um einen Gefallen bitten.

»Habe ich dir schon erzählt, dass meine Schwester am Quai de Valmy gewohnt hat? Ich würde mir das Haus eines Tages so gerne noch einmal anschauen.«

36

Ludo hat mir viel von Ihnen erzählt, und heute lerne ich Sie endlich kennen, das freut mich sehr«, sagt Apolline lächelnd.

Dann bedient sie weiter.

Ludovics Augen leuchten, und Marguerite erinnert sich an die Unterhaltung vor vielen Jahren. Er hat die Strickleiter schließlich erklommen, der rundliche Bub war zu einem hoch aufgeschossenen jungen Mann mit lockigen Haaren herangewachsen. Auf welche Weise würde er lieben? Ungestüm wie Hélène oder steif wie Henri? Ist er extrovertierter als sein Vater, oder hat er die Sanftheit seiner Mutter geerbt?

Braucht Erfolg in der Liebe Waffen oder Glück? Wahrscheinlich beides. Immerhin hat er lachende braune Augen, das ist ein Vorteil.

Ohne Bitterkeit betrachtet Marcel die blühende Jugend, wie man all die vergänglichen Dinge betrachtet.

Apolline bringt ihnen drei Gläser Limonade und Zitronen-Tartelettes mit Baiser, dann wirbelt sie wieder von Tisch zu Tisch, leicht und anmutig wie eine funkelnde Libelle. Ludovic ist gesprächig, er erzählt von den Abiturprüfungen, genauer von seinem Aufsatz in Philosophie, seinem Lieblingsfach: *Verkettung von Umständen, Schicksal oder Zufall?* Seine Großmutter spricht mit ihm schon seit Jahren über dieses Thema, er hat die beste Note der ganzen Klasse bekommen.

Marcel nimmt einen Umschlag aus der Tasche.

»Hier, eine Kleinigkeit von uns zum Abitur und für den Führerschein. Die Fahrstunden sind eine schöne Erinnerung an unsere allerersten Mätzchen. Wenn du bestanden hast, machst du mit uns eine Stadtrundfahrt.«

»Ich bringe euch überallhin, wo ihr wollt.«

Mit achtzehn Jahren muss man sich entscheiden. Marguerite weiß seit Langem, dass er weder Notar noch Turner werden wird. Aber er wird die Entscheidung nicht an diesem Tag im Café treffen.

»Du könntest reisen«, schlägt sie vor.

»Oder wie wäre es mit einem Freiwilligendienst?«, fragt Marcel.

»Ich weiß nicht, es gibt einfach zu viele Möglichkeiten.«

»Du wirst deinen Weg schon finden, nimm dir Zeit«, entgegnet Marcel.

»Ich bekomme sehr gerne Postkarten«, fügt seine Großmutter hinzu.

Sie trinkt ihre Limonade und genießt diesen Augenblick voller Glück, den ihr der Enkel beschert. Sie betrachtet seine zu großen Jeans, die Strähne, die ihm in die Stirn fällt. Dieser Junge ist einfach ein Geschenk! Die Vertrautheit zwischen ihm und Marcel macht Marguerite glücklich. Sie wird ihn bei allem unterstützen, ganz egal, wofür er sich entscheidet.

Sie verabschieden sich von Apolline und verlassen das Café. Ludovic gibt seiner Freundin einen scheuen Kuss. Marguerite schaut Marcel an und lächelt, sie entscheiden sich für einen Spaziergang zum Park, weil sie den Duft vom frisch geschnittenen Gras genießen wollen.

Der Spazierstock mit dem verzierten Knauf macht aus Marcel versehentlich einen Gentleman, das gefällt ihr. Sie gehen so bedächtig an den Schaufenstern vorbei, dass Ludovic sein Tempo drosseln muss, er stützt seine zarte Großmutter und konzentriert sich auf den richtigen Rhythmus. Sie ist folgsam, es geht nun nicht mehr anders.

Er setzt sie auf eine Bank mit Blick aufs Schloss. Sie fröstelt, Marcel legt ihr den Kaschmirschal um die Schultern, um sie zu wärmen.

»Haltet ganz still, ich mache ein Foto, ihr beide seid so schön.«

Die hervorstehenden Knochen über den eingefallenen Wangen, tiefe Falten, müde Körper. Zerbrechlich. Die Abenddämmerung des Alters. Aber von Alleinsein keine Spur.

Mit dem Rücken an die Bank gelehnt, betrachtet Marcel die Baumwipfel und sagt sich, dass er mit Marguerite nie in einer Hütte hoch oben zwischen den Bäumen übernachtet hat. Sie ist ruhig wie ein See an einem windstillen Tag. Ihr Gesicht und ihr Verhalten spiegeln die friedliche Gewissheit, dass sie geliebt wird. Die großen pergamentartigen Hände streicheln die kleinen runzeligen Hände.

Sie reden nicht und sagen sich dennoch so viel. Sie sind dreiundachtzig und achtundachtzig Jahre alt, doch das sieht man ihnen nicht an: Für den flüchtigen Augenblick, in dem Ludovic das Bild macht, hält die Stoppuhr an, das von Anfang an zum Scheitern verurteilte Rennen gegen die Zeit wird ausgesetzt, und Marcel und Marguerite sind jung und unsterblich.

In diesem Moment wird Ludovic sich bewusst, dass ihn diese Situation sein ganzes Leben lang begleiten wird. Eines Tages wird das Bild eingerahmt in seiner Wohnung stehen, ein Gast, der zum ersten Mal zu Besuch ist, wird stehen bleiben und fragen: »Wer sind denn die alten Leutchen auf der Bank?«, und er antwortet: »Meine Großeltern, einmalige Menschen.«

Er lächelt und prüft den Fokus seiner Kamera.

»Das Licht ist wunderbar. Das Grün der Blätter hinter euch passt ganz hervorragend zur Farbe deines Mantels, Großmutter.«

»Machst du für uns einen großen Abzug?«

Das könnte das letzte Foto von den beiden sein, denkt Ludovic. Er macht noch eins.

Ein kleiner Junge lässt ein Papierschiff zu Wasser, geschwind tanzt es auf den Wellen davon. Der Wind zerzaust Marcels Haar. Marguerite lehnt sich zu ihm und flüstert: »Wir müssen mal wieder nach Paris fahren. Wir waren schon so lange nicht mehr da.«

Marcel runzelt die Stirn. Er schaut Ludovic an, nimmt Marguerite in den Arm und sagt mit fester Stimme: »Das machen wir.«

LESEPROBE

»Ein wunderschöner Roman, der nach Lavendel und Sommerregen duftet. Dieses Buch tut gut.« *Elle.fr*

Ein beschauliches südfranzösisches Dorf ist in Aufruhr: Der prachtvolle alte Baum auf dem Marktplatz soll gefällt werden. Wo, wenn nicht in seinem wohltuenden Schatten, wird die Barbesitzerin Suzanne Pastis servieren, wo Manu Artischocken verkaufen? Der junge Clément liebt es, in den Ästen zu klettern, und die Schwestern Adeline und Violette tröstet nichts so sehr wie der Anblick der Blätter, die sich seit ihrer Kindheit im Sommerwind wiegen. Widerstand formiert sich unter den Dorfbewohnern. Und auch der Baum, der seit Jahrzehnten das Kommen und Gehen auf dem Platz verfolgt, wird von ihren Emotionen mitgerissen.

1. März

Aus zweiunddreißig Metern blicke ich auf sie hinab und sehe ihrem Treiben zu. Sie wohnt gleich neben mir in Nummer 27, ich sehe und beobachte sie durch die Fenster ihrer Wohnung in der dritten Etage, weide mich an ihrem Anblick. Heute ist es windig, die Vorhänge wehen und entblößen ab und zu ihren Nacken im Sonnenlicht. Warum zieht sie sich aus? Ihr Liebhaber ist noch nicht da. Manchmal taucht er auf, manchmal wartet sie auf ihn, und er kommt nicht. Sie seufzt. Einmal, dann noch einmal. Sie heißt Fanny.

Seit heute früh weht der Wind herrlich warm. Niemand hat damit gerechnet, der März hat gerade erst begonnen, die Zikaden singen, und die Schwalben machen bereits ab und zu auf mir halt. Sie suchen sich hartnäckig meine dünnsten Zweige aus. Wie ich diese sanfte Berührung liebe, wenn sie sich niederlassen, die Liebkosung ihrer Krallen, wenn sie auf und ab wippen. Die Jahreszeit der Liebenden vergeht so rasch. Vögel, Katzen, Hunde, Zikaden, Bienen, alle sind vom nahenden Frühling im Glückstaumel, und ich spüre ganz unten in meinen Wurzeln Leidenschaft, eine köstliche Aufregung. Wie sie sehne ich mich nach dem Frühling.

Überschwang liegt in der Luft. Vor dem Spiegel streicht Fanny sich anmutig eine Strähne ihres braunen Haars hinters Ohr. Mit dem Kajalstift zieht sie eine Linie, die das Gelbe im Grün ihrer Augen betont. Sie setzt verschiedene Varianten ihres Lächelns auf, welches wird sie ihm schenken? Ich befürchte, dass ein Mann sie eines Tages entführen wird. Ihr Liebhaber ist harmlos, er kommt vorbei, bleibt nie länger als nötig und geht wieder.

Er klingelt. Sie erbebt.

Die Süße der Mimose, die Glyzinie und ihr berauschender Honigduft sind betörend. Über den Blättern meiner zerzausten Baumkrone – der Baumpfleger hat meinen Schnitt wieder einmal vermasselt – strahlen weiße Wölkchen am blauen Himmel.

Ihr Liebhaber kommt herein, streift flüchtig ihre Wange, dann zieht sie den Vorhang zu, und ich sehe nichts mehr.

Der Kirchturm schlägt Mittag. Eine Meise zwitschert. Ich spüre einen Lufthauch, dabei ist alles ruhig. Seit ein paar Monaten hat die Bar PMU, die Bar mit Lottoannahme und Sportwetten, wieder geöffnet, die Leute schlendern umher, und mein Schatten tanzt auf den ockerfarbenen Fassaden der Häuser mit den graublauen Fensterläden.

Die Haustür fällt ins Schloss, und ich sehe ihren Liebhaber in eine Gasse entschwinden. Hinter dem

Fenster richtet Fanny sich vor dem Spiegel das Haar und schlüpft in ein Kleid. Mir kommt es vor, als ob sie freier atmete, wenn er wieder weg ist. Die Laken sind zerwühlt.

Der Winter hat verloren, überall treiben Knospen, es grünt. Ununterbrochen zwitschern die Spatzen, das Lachen wird heller. Der Frühling ist endlich da. Ich freue mich über diesen Sieg, obwohl mir das Treiben der Menschen weiterhin ein Rätsel ist.

Fanny kommt mit dem leichten Schritt einer Verliebten aus dem Haus. Als sie klein war, hat sie in der heißesten Zeit des Tages ihr Gummiband zwischen zwei Stühlen gespannt und allein im Schatten meines Laubdaches gespielt. Sie ist schön geworden wie eine Kornblume.

François Lebrun

Er hat es versprochen, sobald sein Kind auf der Welt ist, wird François mit dem Rauchen aufhören. Bis dahin genehmigt er sich drei Zigaretten täglich, nicht eine mehr. Wenn er den Gulli auf der Hauptstraße gereinigt und den Vorplatz der Kirche gefegt hat, raucht er die erste. Seine Arbeit führt ihn zunächst mitten auf den Platz. Unterwegs grüßt er bekannte Gesichter. Er kennt jeden Pflasterstein, jedes Gässchen seines Dorfes, und bei der Vorstellung, einmal wegzugehen, überkommt ihn die Angst. Dort, wo er geboren wurde, will er bleiben. Geburt, Leben und Sterben, alles am selben Ort.

In seinem Werkzeugkasten: ein Metermaß, ein Bleistift, ein Hammer und zwei Nägel. Um achtzehn Uhr wird François daheim sein. Er braucht seinen geregelten Tagesablauf, den Lohnzettel am Ende des Monats und die Zahlungen in die Rentenkasse wie andere ihre Freiheit. Vor dem einzigen Baum bleibt er stehen, entrollt den Aushang und hämmert ihn an den Stamm der Platane, tritt einen Schritt zurück, um sicher zu sein, dass der Zettel gerade hängt, und geht zufrieden seines Weges.

Autsch! Traktiert da etwa wieder ein Grünspecht mein Nervensystem?

Clément Pujol

Clément ist gerade nach Hause gekommen und nimmt sein Zeugnis aus der Schultasche. Natürlich hat die Lehrerin »schwätzt zu viel« geschrieben, doch er ist stolz auf seine gute Note in Französisch, seine Eltern werden sich freuen.

Sie giften sich wieder einmal in der Küche an. Sein Vater möchte ein neues Auto kaufen, seine Mutter ist dagegen, so viel Geld auszugeben, und der Ton wird schärfer.

Jedes Mal bekommt Clément dann dieses flaue Gefühl im Bauch. Jedes Mal bedauert er, keine Geschwister zu haben, mit denen er seinen Kummer teilen kann. Er hält sich die Ohren zu, dann rennt er aus dem Haus und sucht die wohltuende Ruhe der Platane. Er entdeckt einen Zettel am Stamm, liest ihn, versteht nicht gleich, liest ihn erneut und bleibt einige Sekunden wie erstarrt vor dem Baum stehen. Sein Vater und seine Mutter streiten über belangloses Zeug, dabei passiert hier gerade etwas Schreckliches. Er reißt den Zettel ab, knüllt ihn zusammen, wirft ihn so weit weg wie möglich und stößt, um sich Mut zu machen, einen gellenden Schlachtruf aus wie ein Wikinger beim Angriff. Wie oft werden sich seine Eltern noch streiten, bis sie sich trennen? Heute war mindestens der hundertdreiundfünfzigste Streit. Und – das steht außer Frage – wenn sie von dem Aushang erfahren, wird er beim Abendbrot *das* Thema sein, und sie werden sich wegen der Platane anmaulen. Sein Vater wird sagen: Öfter mal was Neues, seine Mutter wird darauf beharren, dass alles beim Alten bleiben soll.

Adeline Bonnafay

Misstrauisch hat die alte Dame den Jungen von ihrem Fenster aus beobachtet. Es ist der Kleine mit den schwarzen Haaren aus Hausnummer 43, der zu jeder Jahreszeit Turnschuhe und seinen ausgeblichenen Rucksack trägt. Was heckt er nun wieder aus? Sie mag keine

Kinder, die zu schnell groß werden und altklug daherreden. Dieser Clément hat immer Flausen im Kopf, und weil er zu häufig allein durch die Straßen streunt, vergisst er, was sich gehört. Wenn der Gemeindearbeiter eine Ankündigung am Baum befestigt hat, dann sicher aus gutem Grund.

Adeline klammert sich ans Geländer und steigt die Treppe vorsichtig hinunter, damit sie auf den ausgetretenen Stufen nicht ausrutscht. Mit winzigen Schritten trippelt sie zur Platane und bückt sich mühsam – der Boden wird auch jeden Tag unerreichbarer –, bekommt den Zettel zu fassen und richtet sich wieder auf. Soso! Was wird ihre Schwester wohl dazu sagen? Mit dreiundneunzig wirkt Violette noch unberechenbarer als mit zwanzig. Der Aushang befindet sich nun zusammengeknüllt in ihrer Tasche. Sie wird mit niemandem darüber sprechen. Schon gar nicht mit der Bäckerin, der Königin der Plaudertaschen. Oder erst dann, wenn ihr der Boden ihrer Aprikosentarte endlich einmal gelingt. Adeline ist verrückt nach Geheimnissen und hütet sie erst wie einen Schatz, um sie dann jedem zu verraten, der ihr zuhört.

François Lebrun

Als François von seiner Frühstückspause zurückkommt – er isst gern unter der Statue im Park –, geht er zum Baum. Vielleicht hat er nicht richtig hingeschaut. Nein, er hat sich nicht getäuscht, der Aushang ist verschwunden! Wenn der Bürgermeister nun hier vorbeikommt, könnte er denken, er hätte seine Arbeit nicht erledigt. »Ohne Fleiß kein Preis«, hatte ihm sein Vater wieder und wieder eingeschärft. In seiner Jugend hatte François darüber nachgedacht, sich als Klempner selbstständig zu machen wie sein Vater. Letztendlich war er dann aber in den öffentlichen Dienst eingetreten, er ist lieber Angestellter, folgt Anweisungen, führt die ihm zugeteilten Aufgaben gut aus. Dieser Vorfall bringt seinen ganzen Tagesablauf durcheinander. Umgehend eilt er zurück zum Rathaus und druckt einen neuen Aushang. So etwas muss man gleich erledigen.

Sorgfältig hängt er den Zettel auf.

Ankündigung für die Anwohner des Platzes

Auf Anordnung der Gemeindeverwaltung
wird dieser Baum am 21. März gefällt.
Bitte entfernen Sie Fahrräder von der Straße
und halten Sie die Fenster geschlossen.
An diesem Tag kein Verzehr auf der Terrasse.
Ablauf des Vorgangs:
17. März: Ausästung
21. März: Fällen
30. März: Entfernung der Wurzeln.

Suzanne Fabre

Es ist zweiundzwanzig Uhr. Die letzten Gäste auf der Terrasse sind gerade gegangen. Suzanne trocknet sich an der Schürze die Hände ab und hängt sie an die Tür, dann zieht sie den Rollladen herunter und schaut in die Krone der Platane. Sie geht langsam hinüber, lehnt sich an den Stamm, zündet sich die einzige Zigarette ihres endlos langen Tages an und genießt diesen Augenblick der Ruhe. Als Wind aufkommt, glaubt sie, den riesigen Baum flüstern zu hören. Ein Blätterrascheln in der Abendbrise? Sie streift mit den Fingern über die Rinde, schließt die Augen. Wie lange hat sie Joe, ihren Mann, schon nicht mehr berührt? Ob der Baum wohl ihre Liebkosungen spürt? Ob es ihm gefällt? Sie schrammt sich die Hand auf. Da entdeckt sie die Ankündigung. Beim Lesen hat sie einen Kloß im Hals, und ihr kommen die Tränen. Sie reißt den Zettel ab, flucht und drückt die Zigarette aus. Warum nur wird ihr alles Gute weggenommen? Das letzte Mal hat sie geweint, als sie Joe ins Rehazentrum gebracht hatte.

Seltsamer Tag. Zunächst hat der Junge, der so zart ist wie ein Zweiglein im Wind, einen Schrei ausgestoßen. Die Rinde auf seinen Wangen – sie sagen Haut dazu – sah feucht aus. Und dann hat Suzanne, die neue Inhaberin der Bar, eine Sekunde lang das Gleichgewicht verloren. Jedes Mal, wenn ich besorgt bin, ziehen sich meine Wurzeln zusammen. Wie an dem Tag, als man mich – zu jung – verpflanzt hat, das ist mehrere Jahrzehnte her. Ich zähle nicht mehr.

2. März

Manu

Manu lädt in aller Ruhe die Kisten ab. Vor einem Monat hat ihn ein Gemüsebauer aus der Umgebung mit dem Verkauf seiner Artischocken auf dem Markt betraut – donnerstags und samstags ganztägig und an den anderen Tagen für ein Stündchen. Ein Glücksfall, er war nämlich gerade auf der Suche nach einer Gelegenheitsarbeit. Er baut seinen Stand unter der Platane auf. Félix hat darauf bestanden, dass er mindestens die Hälfte verkauft. Das lässt sich machen, kein Grund zur Eile. Manu wiegt einige Artischocken in der Hand, und beim Gedanken, die Blätter in Vinaigrette zu tunken, läuft ihm das Wasser im Mund zusammen. Er hat gestern Abend die Würstchen und Eier aufgegessen, die er noch im Lieferwagen hatte, doch mit ein wenig Glück spendiert ihm die Barbesitzerin für vier Artischocken das Tagesgericht.

Die ersten drei Kunden tauchen auf, immer dieselben, und Manu fragt sich, ob sie extra vor der Arbeit vorbeikommen, um eine größere Auswahl zu haben. Rechts von seinem Stand hat der Olivenölkönig seinen Stammplatz, ein Verkaufstalent vor dem Herrn. Ein altes Scheunentor auf zwei Fässern dient ihm als Tisch, und die rustikale Aufmachung scheint allen zu gefallen. Er bietet den Kunden zum Probieren Fougassestückchen an, die sie ins Öl tunken. Weiter hinten steht die Käsehändlerin, eine kräftige Frau mit rauer Stimme und kastanienbraunem Haar, das bereits grau wird. Manu kann sich gut vorstellen, wie sie ihre Schafe herumscheucht. Jules ist der Älteste. Wenn man ihm glauben darf, bietet er seine Salatköpfe schon seit Urzeiten an. Zwölftausendvierhundertfünfunddreißigmal am selben Ort, zur selben Zeit. Da wird einem ja schwindelig!

Manu ist gerade fünfundzwanzig geworden und zieht seit drei Jahren durchs Land. Er ist nicht reich, aber es fehlt ihm an nichts, solange er halbwegs über die Runden kommt und eine Matratze in seinem Lieferwagen hat. Frei wie ein Vogel, von Dorf zu Dorf, sich treiben lassen. Er wird vielleicht eine Weile in der Gegend bleiben. Er dreht sich eine Tüte, lehnt sich gegen den Baumstamm und nimmt gemächlich einen Zug.

Raphaël Costes

Raphaël steht steif vor dem Bronzeschild mit der Aufschrift »Jacques Dumoulin – zugelassener Psychologe«, streckt die Hand nach der Klingel aus und tritt dann einen Schritt zurück. Seit vier Monaten kommt er zweimal pro Woche die sechs Kilometer aus seinem Dorf zu Fuß hierher. Den ganzen Tag über beugt er sich über die Münder seiner Patienten, mit feinen Bewegungen und genauer Technik. Sein Körper braucht diese langen Spaziergänge an der frischen Luft zur Entspannung, Raphaël geht so oft wie möglich zu Fuß.

Der Termin ist um sechzehn Uhr, und Jacques Dumoulin ist stets pünktlich. Unweigerlich wiederholt sich das gleiche Szenario. Raphaël spricht von seiner ständigen Unentschlossenheit, dann unterbricht er sich und sieht aus dem Fenster, er betrachtet die Platane.

Schon als Kind gab er auf die Frage, was er später einmal werden wolle, nie die gleiche Antwort. Schon als Kind wusste er in der Patisserie um die Ecke nicht, ob er ein Éclair au chocolat oder eine Génoise aux framboises nehmen sollte. Peinliche Minuten, in denen er das Für und Wider abwog. Crème oder Obst? Für ihn ist das Leben wie diese japanischen Restaurants, wo Sushi und Sashimi auf einem Laufband vorbeiziehen: Bevor man sich entscheiden kann, sind sie wieder weg, und es tauchen schon die Yakitoris und die Teppanyakis auf, was die Unsicherheit unerträglich macht.

»Mit einundvierzig Jahren solltest du langsam mal aus deiner Studentenbude ausziehen«, erklärt ihm seine Mutter fast täglich. Schon als Kind saß er in der Schule am liebsten immer am selben Pult. Wo soll er wohnen, wenn er sich dazu durchringt, auf seine Mutter zu hören? Auf dem Dorf oder in der Stadt? Er hat am Platz ein Plakat mit der Aufschrift »Zu vermieten«

gesehen. Eine größere Wohnung mit hübscher Aussicht, aber will er wirklich so nah bei seinem Psychologen wohnen und riskieren, ihm beim Bäcker und in Shorts über den Weg zu laufen?

»Erst gestern wieder …«

»Erst gestern wieder, ja?«, unterbricht ihn Dumoulin.

»Erst gestern wieder habe ich gedacht, dass die Platane etwas ist, auf das ich mich verlassen kann.«

»Verlassen … In jeder Sitzung kommen wir auf den Baum zu sprechen.«

Zum ersten Mal fragt sich Raphaël, was er hier eigentlich will. Sechzig Euro, ohne im Mindesten voranzukommen, immer geht es um den Baum!

François Lebrun

François bleibt vor Staunen der Mund offen stehen. In seiner gesamten Laufbahn, seit seinem ersten Arbeitstag mit siebzehn Jahren, ist ihm so etwas noch nicht untergekommen. Dort, wo die Ankündigung war, hängt nun an einem der Nägel ein beiger Umschlag, der an einen *françois lebrun* adressiert ist. Ohne das große F und L kommt er sich gleich einige Zentimeter kleiner vor. Verstohlen blickt er nach rechts, nach links, dann nimmt er den Brief vom Baum und öffnet ihn. Auf einem dünnen, unordentlich zurechtgeschnittenen Stück Packpapier steht nur ein handgeschriebener Satz: *Bäume fällen bringt Unglück!*

Eine Drohung! Die Ankündigung wurde nicht nur zweimal abgerissen, sondern auch noch durch eine anonyme Nachricht ersetzt. Das war also kein Zufall. François unterdrückt das Zittern, das seine Beine befällt, und steckt dann heimlich, still und leise den Umschlag in die Tasche seiner Latzhose. Wer will ihm was? Gewiss beobachtet ihn jemand aus einem der Fenster, selbst die Platane scheint über ihn zu spotten. Ihm ist, als würde man mit dem Finger auf ihn zeigen, fast als wäre er schuldig, dabei hat er nur Anweisungen befolgt. Regelmäßige Arbeitszeiten geben ihm Halt. Wenn er jetzt auch noch ständig überprüfen muss, dass er nicht hinter seinem Rücken sabotiert wird, ist sein Tag erst um einundzwanzig Uhr zu Ende. Die Energie, die er dafür aufwenden müsste, wäre François egal, aber Überstunden sind ihm ein Gräuel. Seine stets tadellose Arbeit könnte ihm eine Medaille einbringen. Eine Auszeichnung als bester Arbeiter der Region wäre eine große Ehre. Das lässt er sich nicht von einer gemeinen Platane vermiesen.

Er will nur noch nach Hause, endlich seine Ruhe haben, seiner Frau einen Kuss auf den Hals geben und sich mit dem Lokalblatt auf dem Sofa ausstrecken. Und ausnahmsweise – muss er eben doch mal Überstunden machen – wird er heute Nacht wiederkommen und das Todesurteil mit mindestens acht Nägeln befestigen. François Lebrun ist kein Mann, der sich unterkriegen lässt.